서머 퀘스트

サマークエスト

SUMMER QUEST

summer quest

서머 퀘스트

기타야마 치히로 지음

이소담 옮김

폭스코너

차례

우리 아빠는 바다에서 돌아가셨다.

이렇게 말하면 "아빠가 어부셨어?" 혹은 "서퍼였어?" 같은 질문을 받는데, 양쪽 다 아니다. 평범한 회사원이었다. 아마도.

갓 태어난 나를 품에 안고 얼굴을 들여다보는 사진이 수납장 위에 있다.

아빠 얼굴은 제대로 찍히지 않았다.

대머리가 아니라는 것 외에는 모른다.

엄마랑 내가 같이 찍은 사진은 셀 수 없이 많은데, 아빠랑 같이 찍은 사진은 별로 없다. 몇 장 안 되는 사진 속의 아빠는 눈썹이 축 처져서 한심해 보이고 입매에는 긴장감이 잔뜩 감돌고 있다. 카메라에 대고 어떤 표정을 지으면 되는지 모르는 사람이었나 보다.

엄마는 나랑 아빠라는 드문 조합이 찍힌 이 사진을 제일 좋아했다.

"그렇게 웃는 눈매가 아빠랑 닮았네."

언제였더라, 엄마가 이런 말을 했다.

내가 왜 웃었는지는 기억이 안 나는데, 그 말을 한 엄마가 조금 슬퍼 보였던 건 기억한다.

웃는 눈매가 아빠랑 닮았다고?

혼자 세면대에서 거울을 보며 웃으려고 해본 적이 있다. 하지만 재미있는 일도 없는데 웃음이 나올 리 없지.

아빠가 어떤 식으로 웃었는지 나는 모른다.

1

고등어 잔가시

축축하게 내리던 지긋지긋한 비가 그쳤다.

우산을 안 들고 다녀도 되는 아침이라니 기뻐서 콧노래를 흥얼거리며 학교에 갔다. 월요일이라 가방에 짐도 많은데 하나도 힘들지 않았다. 오늘 비가 왔다면, 왜 월요일부터 습자 시간(우리나라의 서예 시간과 비슷하지만, 손글씨를 쓸 일이 많은 일본은 히라가나 쓰는 연습도 이 시간에 한다-옮긴이)이 있냐고 화를 냈을 것이다.

운동장에 물웅덩이도 거의 사라졌다. 오랜만에 밖에서 놀 수 있겠다. 축구도 좋고 피구도 좋고, 뭐든 좋다. 술래잡기를 하고 놀아도 재미있을 거다. 사사키와 와타베가 재미있게 이끌어줄 테니까.

신나서 학교 건물로 들어갔는데, 아라타의 뒷모습이 보였다. 게시판 앞에 서서 뭔가 열심히 보고 있었다.

"안녕. 뭐 봐?"

말을 걸며 다가가보니, 아라타가 보는 것은 '학교에서 숙박하자' 포스터였다.

아라타가 왜 이런 걸 보지?

'학교에서 숙박하자'는 5, 6학년들이 체육관에서 하룻밤 잠을 자는 어린이 모임의 행사였다.

작년에 엄마가 담당자여서 참가했었다. 재난 훈련을 겸해 재난 대비 교육을 받은 후, 빈 깡통으로 밥을 지어 즉석 카레를 해 먹고 체육관에 비상용 텐트를 치고 안에 들어가서 잤다. 체육관에서 자는 건 처음이었고 다 같이 밥을 만드는 것도 재미있었는데, 한 번 했으면 그만이라 올해는 신청하지 않았다.

"이거 해볼까 싶어서."

"어? 하려고?"

진심? 큰 소리를 낼 뻔했는데 간신히 참았다. 갑자기 얘가 왜 이래?

놀라는 내 옆에서 아라타가 말끔한 얼굴로 대답했다.

"응. 넌 작년에 했었지? 어땠어?"

"뭐, 그냥저냥 재미있었어. 작년에는 엄마가 담당자였는데 엄마가 없었으면 더 좋았을 거야."

"올해는 안 해?"

"네가 할 거면 해도 되고."

해도 되는 정도가 아니었다. 아라타가 한다면 나도 꼭 하고 싶었다.

다만, 마감이 지난 게 문제였다. 포스터에는 지난주 금요일이 마감이라고 적혀 있었다. 아라타도 그래서 곤란한 모양이었다.

"여기에는 금요일이 마감이라고 되어 있는데, 나눠준 신청서에는 오늘이 마감이래."

"어라, 어느 쪽이 맞지?"

"다케시타 선생님한테 물어볼까?"

곧바로 교무실로 가서 다케시타 선생님을 찾았다. 아라타가 가방에서 신청서를 꺼냈다. 보호자 도장까지 잘 받아왔다.

"죄송한데요, 이거 오늘 내도 되나요? 포스터에는 마감이 금요일이었는데요."

"응? 아, 그거. 담당자가 오늘 오후에 가지러 오겠다고 했으니까 오늘이 마감 아닐까? 포스터의 마감이 틀렸겠지."

되게 대충이네. 그렇게 생각하며 선생님이 아라타의 신청서를 받아 책상 위에 놓인 봉투에 넣는 모습을 지켜보았다. 봉투에 '학교 숙박'이라는 글자가 삐뚤빼뚤 적혀 있었다.

"담당자가 아쉬워하더라. 매년 참가자가 줄어든대. 게다가 이번에는 사흘 연휴여서 작년보다 더 적다나. 여학생은 겨우 다섯 명이라더군. 한 명이라도 늘면 담당자가 기뻐할 거야."

그러면 나도 해야지 싶어 앞으로 나와 선생님에게 말했다.

"저기, 저도 하고 싶은데요, 신청서 있어요?"

"뭐야, 잃어버렸니? 잠깐 기다려봐. 남은 게 있을 거야."

선생님이 책상 위에 쌓인 파일과 프린트물의 산을 뒤졌다. 신청서를 꽤 예전에 받았으니까 아마 산더미의 아래쪽에 있을 것이다. 과학 시간에 배운 지층처럼.

"오오, 있다. 마침 딱 한 장 남았네. 운이 좋구나."

선생님이 내민 신청서는 모서리가 쪼글쪼글했다. 선생님, 맨날 우리한테는 구기지 말고 깔끔하게 가져가라고 하면서.

"지금 쓸 테니까 넣어주세요."

나는 신청서 아래쪽의 자르는 선을 점선대로 접고 찢으려 했다.

"지금 쓴다니, 어머니가 참가해도 된다고 하셨어? 도장도 있어야지."

선생님의 말에 찢으려던 손을 멈췄다.

"이름 쓰고 동그라미 치면 안 돼요?"

엄마가 안 된다고 할 리가 없었다. 오히려 올해는 왜 안 하냐고 물었다. 도장이 무슨 필요야.

"당연히 안 되지. 이게 뭐 택배 받는 거니? 담당자에게는 선생님이 말해둘 테니까 제대로 써서 가지고 와라."

어쩔 수 없이 알겠다고 대답하고 신청서를 가방에 넣었다. 오늘 밤에 잊지 말고 엄마한테 써달라고 해야겠다.

아침의 교무실에는 볼일이 끝났으면 빨리 나가라는 무언의 압박이 가득하다. 끊임없이 울리는 전화 소리, 인쇄기 소리, 돌아다니는 선생님의 발걸음 소리. 있어봤자 재미도 없으니까 아라타와 나는 얼른 나왔다.

교실을 향해 몇 발자국 걸음을 뗀 후에 아라타에게 물었다.

"그나저나 왜 갑자기 할 마음이 들었어? 학원은 쉬어?"

아라타는 버스와 전철을 귀찮게 갈아타면서 거의 매일 학원에 다녔다. 주말에도 당연히 갈 텐데.

"학원은 토요일에 오전만 하고 일요일은 열 시부터니까 끝나고 바로 가면 맞출 수 있어."

"으악, 학원과 학원 사이에 하는 거네. 신청서 받았을 때는 별로 흥미 없었잖아?"

"그랬는데 어쩌다 보니."

"어쩌다 보니?"

"지난 토요일에 아빠가 웬일로 집에 있었는데, 신청서를 보고 재미있겠다는 거야."

　"뭐야, 아빠가 하라고 하신 거야?"

　"뭐, 처음엔 그랬는데 나도 재미있을 것 같아서 한번 참가해보려고. 엄마도 학원만 빠지지 않으면 가도 된다고 했고. 마지막 추억이라면서."

　"마지막 추억이라니?"

　무슨 소리야? 아라타가 어디로 가버리나?

　"초등학교의 마지막이라는 뜻."

　뭐야, 그거구나. 안심해서 장난스럽게 말했다.

　"벌써 마지막을 가져다 붙이면 끝이 없을걸. 마지막 1학기에, 마지막 수영에, 마지막 여름방학에, 마지막 숙제에…."

　"내가 한 말이 아니라니까."

　"그런가. 아무튼 재미있을지는 참가 멤버에 달렸어."

　"그럼 괜찮겠지. 너도 하니까."

　아라타의 말에 무심코 히죽 웃었다.

　눈을 번뜩이며 지켜보는 엄마가 없고 아라타가 있으면 최고로 즐거울 거야.

　나와 아라타는 3학년 때부터 쭉 같은 반이었다. 쉬는 시간에 어울리고 말을 나누기 시작한 건 2학년 운동회 이후부터였다. 우리 학교는 학년마다 두 반씩만 있어서 얼굴과 이름쯤은 거의 다 알지만, 특별한 일이 없는 한 다른 반 녀석과는 친해지기 어려웠다. 나와 아라타가 특별해진 건 운동회 때의 운동화 때문이었다.

운동회 때, 2학년은 전원 참가하는 반별 릴레이를 했다. 아라타는 1조이고 나는 2조. 달리는 순서가 같았다.

땅에 그어진 흰 선 안에서 초조하게 바통을 기다렸다. 하얀 머리띠를 두른 1조 녀석이 빨간 머리띠를 두른 우리 2조보다 조금 빨랐다. 약간의 차이는 괴롭다. 바통 패스에 실패하거나 내가 달리는 동안 차이가 벌어지면 최악이니까.

나쁜 상상만 한 탓인지, 역시나 바통을 받을 때 허둥거렸다. 먼저 바통을 받고 뛰어가는 아라타의 등을 노려보며 달렸다. 달리는 거리는 트랙 반 바퀴. 추월은 못 하더라도 최소한 차이를 줄이고 싶었다. 그렇게 생각한 순간, 갑자기 아라타의 등이 푹 꺼졌다. 넘어진 것이다. 게다가 아라타의 운동화가 붕 날아와서 내 가슴을 때리고 떨어졌다. 나는 그걸 주워 무릎을 문지르며 일어난 아라타에게 건넸다.

"고마워."

아라타가 놀란 얼굴로 운동화를 받아 들고 신었다. 왜 그랬는지 모르겠는데, 나는 아라타가 운동화를 신을 때까지 기다렸다가 동시에 뛰었다.

"바보냐? 그냥 두면 되잖아. 보통 누가 그걸 주워주냐? 상대 팀인데."

"왜 거기서 운동화를 다시 신어? 보통 그냥 뛰잖아?"

나도 아라타도 나중에 엄청나게 혼났다. 아라타는 넘어졌으니까 동정의 여지가 있지만 내 행동은 아무리 생각해도 이상하다며 다들 거침없이 불평해댔다. 2조가 이겼으니까 망정이지 만약 졌다면 끈질긴 잔소리에 시달렸을 것이다.

그 일을 겪은 후로 나와 아라타는 말을 나누기 시작했는데, 같이 논 시간은 많지 않았다. 나는 3학년 1학기까지 방과후교실에 다녔으니까 같이 다니는 애들하고만 어울려야 했다. 그게 싫어서 2학기부터는 방과후교실에 가지 않겠다고 엄마를 설득했는데, 아라타가 학원에 다니느라 같이 놀 수 있는 날은 거의 없었다.

그래도 제일 친한 친구가 누군지 물으면 아라타라고 생각하는 이유는, 운동회 때 보통은 안 하는 일을 같이 저지른 동료이기 때문이었다. 우리 둘 다 조금 특이한 편이려나? 몸을 움직이기 좋아하고 축구도 좋아하지만, 스포츠 소년단은 부모님 부담이 크다고 들어서 들어가지 않았다. 그 결과 남자애들 거의 절반과 따로 행동하게 되었다. 나와 아라타처럼 소년단에 들어가지 않은 사사키는 주말에 내내 게임을 한다는데, 나는 그 정도로 게임을 좋아하지는 않았다. 아라타도 게임에는 전혀 흥미가 없었다. 게임을 하며 놀자고 했더니 트럼프 카드를 가지고 온 적이 있을 정도였다.

점심시간에 물웅덩이가 흔적 없이 사라진 운동장에서 피구를 했다. 축구를 할지 피구를 할지 의견이 나뉘었는데 다수결로 피구가 결정되었다. 축구가 좋은데, 하고 아라타가 중얼거렸지만, 안 하겠다고 하지는 않았다.

"공 만지는 거 아직 무서워?"

목소리를 낮춰 물었다. 작년에 아라타는 수업 시간에 농구를 하다가 오른손 새끼손가락이 부러졌다. 그 후로 축구 이외의 구기 종목은 안 하려 했고, 축구를 할 때도 골키퍼는 패스했다. 수업 때는 대충 하는 척했지만 노는 시간에 하는 피구는 계속 피했다.

"무서운 건 아닌데, 시끄럽거든."

누가 시끄러운지 물어보지 않아도 알았다. 아라타의 엄마다. 손가락이 부러졌을 때, 아라타의 엄마가 교무실로 찾아와 학생을 제대로 돌보지 못했다며 선생님에게 화를 냈다고 한다. 선생님도 운동신경이 뛰어난 아라타가 공을 잘 못 받아서 뼈가 부러지리라곤 예상하지 못했을 텐데.

"히로키랑 아라타, 도망만 치지 말고 공 좀 잡아!"

사사키가 우리에게 외쳤다.

상대 진영에 남은 사람은 사사키, 그리고 아베와 엔도라는 여자애 둘이었다. 우리 편 내야에는 조금 전까지 와타베가 있었는데 사사키의 공격을 받아내지 못하고 외야로 나갔다. 휙휙 빠르게 날아오는 사사키의 공을 받을 수 있는 녀석도, 받으려고 나서는 녀석도 와타베뿐이었다.

"피구는 공을 피하는 놀이잖아."

그렇게 반박하며 아라타가 공을 피했다. 딱 한 걸음 옆으로 슬쩍 움직였을 뿐이었다. 멋있다. 한편 나는 폴짝폴짝 뛰어다니며 피했다. 아라타처럼 멋있게 피하고 싶은데.

그런 생각을 하는데, 바운드해서 굴러간 공을 외야에 있는 와타베가 잡았다. 당연히 와타베는 사사키를 노릴 것이다. 그런데 아베와 엔도가 사사키 앞에 있었다. 둘 다 사사키가 우리를 맞힐 수 있다고 방심했을 것이다.

"히로키, 부탁해."

와타베가 내게 공을 돌렸다.

와타베 위치에서는 여자애를 맞히게 된다. 아베와 엔도

는 운동신경이 좋다고 하기 어려웠다. 오늘도 활발한 사카타가 같이하자고 해서 끼었을 것이다. 차마 그런 두 사람을 노릴 수는 없었겠지.

공을 받은 손이 찌르르 아팠다. 아니, 나보고 어쩌라고? 상대는 사사키인데.

"해보지?"

아라타는 자기 일이 아니니까 태평했다.

그래, 좋아. 해보자. 설마 내가 공격하리라곤 사사키도 예상치 못할 테니까.

좋아.

"이야압!"

있는 힘껏 기합을 넣어 던졌다.

기합은 충분했다. 부족한 건 힘이었다.

내가 던진 공은 맥없이 엔도의 발치에 떨어져 굴렀다.

윽.

충격을 받아 오도카니 서 있는데, 수업 시작 오 분 전을 알리는 종이 울렸다.

"히로키, 진짜 못 던진다. 못 던진 벌로 공 정리하고 와."

와타베가 그렇게 말하더니 교실로 뛰어갔다. 다른 녀석들도 졸졸 쫓아갔다.

"어쩔 수 없네."

한숨을 쉬며 공을 가지러 갔다. 아라타도 어디선가 다른 공을 주워 와서 계단 옆 공 보관소에 정리하고 같이 교실로 돌아갔다.

"그런데 '학교에서 숙박하자'의 준비물에 침낭이나 담요라고 적혀 있던데 다들 뭘 가지고 와?"

"나는 담요를 가지고 갔는데, 거의 대부분 침낭이더라. 너희 집에 침낭 있어?"

다들 당연하게 침낭을 가지고 와서 놀랐는데, 오히려 애들은 "너희 집은 캠핑하러 안 다녀?" 하며 나를 보고 놀랐다. 일반적인 가정은 캠핑하러 다니나 보았다. 바비큐를 해 먹고, 텐트를 쳐서 자고.

바비큐.

― 조개를 캐 오겠다고 했는데.

"…없는데 이번 기회에 장만해서 캠핑하러 가자면서 아빠가 흥분했어."

아라타의 목소리에 퍼뜩 정신을 차렸다.

"캠핑하러 간 적 있어?"

이상한 질문이었다. 간 적이 없으니까 침낭도 없지.

"없어. 당일치기로 바비큐를 먹으러 간 적도 없는데 침낭을 쓰는 캠핑을 하러 갈 리가 없지."

마지막은 거의 혼잣말처럼 중얼거리고 아라타가 교실로 들어갔다. 자리에 앉은 후에 나는 또 멍하니 생각에 잠겼다.

바비큐. 아라타도 해 먹어본 적 없구나.

바비큐에는 잊지 못할 추억이 있다. 바비큐를 구운 추억이 아니었다. '굽지 않은' 추억이다.

어린이집에 다닐 때였나. 바비큐를 먹고 온 이야기를 자랑스럽게 떠벌리는 녀석이 있어서 부러웠던 나는 엄마에게 졸랐다. 바비큐를 먹으러 가고 싶다고. 우리 둘만 있을 때가 아니라, 우리 가족이랑 친한 다카토시 이모부랑 유리코 이모도 같이 있었다.

좋아, 같이 가자. 나를 예뻐하는 이모부니까 당연히 그렇게 말해줄 줄 알았다. 그런데 아니었다. 다들 흠칫해서 나를 본 채 얼어붙었다.

내가 뭐 잘못했나 싶어 울음을 터뜨릴 뻔했는데, 엄마가 어색하게 내 앞에 쪼그리고 앉아서 말했다.

아빠는 말이야, 다 같이 바비큐를 구워 먹으러 간 바다에서 사고를 당해 죽었어.

당시 나는 아빠가 없다는 건 알았지만 죽었다고는 생각하지 않았었다. '죽음'을 아직 이해하지 못했다. 무슨 말인지 몰라 어리둥절한 내게 엄마가 말했다. …조개를 캐 오겠다고 했는데.

그때 오싹할 정도로 슬퍼 보였던 엄마의 얼굴을 지금도 기억하고 있다.

집에 돌아와 현관문을 열자, 집 안이 후텁지근하게 더웠다.

창문을 전부 열고 가방에서 그 신청서를 꺼냈다. 탁자에 놓고 바람에 날아가지 않게 티슈 상자로 눌렀다. 그래도 전부 가려지지는 않게, 이름을 적는 쪽이 잘 보이도록. 이러면 엄마도 알아차릴 것이다.

그런데 저녁에 허둥지둥 집에 돌아온 엄마는 두 손에 든 봉지를 그 위에 올려놓았다. 게다가 타이밍 나쁘게 전화가 울렸다.

엄마는 네네네, 라고 말하며 전화를 받으러 갔다. 저 네네네는 도대체 누구한테 하는 말일까.

"네, 다나베입니다. 아… 언제나 감사합니다."

나는 긴장했다. 엄마가 언제나 감사하다고 말하는 상대는 정해져 있었다. 일과 관련된 사람이거나 학교. 지금 막 퇴근했는데 일 때문에 집에 전화를 거는 건 이상하니까 이건 학교다.

오늘 내가 뭘 잘못했나?

"네? 아, 그랬군요. 죄송해요, 참가하겠습니다. 죄송해요, 신청서는 내일 보내드릴게요…."

으악. '학교에서 숙박하자' 때문이구나. 다케시타 선생님, 이게 무슨 짓이야. 내가 말하기 전에 전화를 걸면 어떡해.

엄마가 전화기를 귀에 댄 채 무시무시한 얼굴로 나를 쏘아보며 봉지 밑에 깔린 신청서를 쓱 뺐다.

네, 그럼 실례하겠습니다, 하고 엄마가 전화를 끊었다.

"뭐니? 작년에 하나도 재미없었다고 했잖아? 왜 갑자기 멋대로 참가하겠다는 건데?"

전화 모드인 높은 목소리가 평소의 엄마 목소리로 돌아왔다. 아니, 평소보다 훨씬 불쾌한 목소리였다.

"아라타가 하겠다고 해서, 그럼 나도 하려고."

"그래? 아라타가 이런 데 참가하다니 웬일이니? 하지만 그런 건 먼저 엄마한테 말해야지."

투덜거리면서도 엄마는 보호자 칸에 엄마 이름을 적고 도장을 찍은 뒤, 가위로 점선을 잘랐다.

"자, 내일 선생님께 제출해. 담당자분들께 폐 끼치면 안된다."

"네."

신청서를 받고 냉큼 방으로 도망치려고 했는데, 엄마가 "아" 하고 말을 걸어서 멈췄다.

"그러고 보니 6월 정기 시험, 얼마 안 남았지?"

"그러고 보니? 전혀 다른 얘긴데."

왜 갑자기 시험 얘기를 꺼낸담.

"아라타는 공부를 잘하지. 공부라면 역시 시험이지. 짠, 멋지게 이어지네?"

"그게 뭐야."

"공부하라고 지겹게 잔소리할 생각은 없는데, 한자 공부는 좀 하지 그러니? 저번에도 웃기게 틀린 적 있었지. 뭐였더라?"

생각이 안 나면 대판 틀린 것도 아니잖아. 그렇게 생각했지만, 가만히 있었다. 엄마를 자극하지 않는 편이 나았다. 이대로 살그머니 도망치려 했는데 엄마가 또 "아!" 하고 외쳤다.

"생각났다. 방과 후였어. '과(課)'가 아니라 불 화(火) 자를 쓰는 바람에 '불 지른 후'가 됐었지!"

"되게 잘 기억한다."

"대체 왜 그럴까. 책을 많이 읽으니까 한자도 머릿속에 입력될 것 같은데."

"왜라니… 음, 유전?"

사사키네 아빠는 가라테라는 무술의 유단자이고 사사키와 사사키의 형도 실력이 좋았다. 재능을 물려받았다는 평판이 있었다. 그렇다면 내가 한자를 외우지 못하는 것도 유전일 가능성이 있다.

"엄마 탓은 아니거든. 그리고."

엄마가 하려던 말을 꾹 삼켰다.

"…다른 사람 탓하기 전에 문제집이라도 풀어. 저녁 차리면 부를게."

엄마는 뭐라고 말하려고 했을까.

지금 무슨 말 하려고 했어?

캐묻는 대신에 나는 시시한 이야기를 꺼냈다.

"사사키네는 시험에 합격하면 용돈을 받는대."

"다른 집은 다른 집."

"우리 집은 우리 집이지. 알아."

아빠 탓도 아니야. 이 말이었을까?

저녁은 고등어 된장 조림이었다.

생선은 가시를 바르기 귀찮아서 별로다. 하나하나 잔가시를 바르다 보면 손은 바쁜데 머리와 입은 한가하니까 자꾸 딴생각만 났다.

아빠, 바비큐 그리고 아침에 아라타가 한 말.

마지막 추억으로.

초등학교 마지막 추억으로. 아라타는 그렇게 말했다. 하지만 정말 그게 다야?

우리와의 마지막 추억이라는 뜻 아닐까?

아라타가 동네 공립중학교에 가지 않을지도 모른다는 생각은 예전부터 했다.

우리 초등학교에 다니는 애들은 대부분 학군 내의 제6중학교, 줄여서 6중에 진학한다.

전철을 타야 하는 먼 학원에 다니는 애는 내 주변에 아라타뿐이었다. 도쿄의 명문 사립학교에 매년 합격자를 배출하는 유명한 입시학원이었다. 하지만 사립중학교 입시를 치른다고 확실히 들은 적은 없었다.

"아는 애가 한 명도 없는 학교에 가면 어떤 기분일까?"

"갑자기 무슨 소리니?"

머릿속으로 한 생각이 입 밖으로 나왔나 보다. 엄마 표정이 묘했다.

"그냥, 입시를 치러서 중학교에 가는 애들 있잖아. 기분이 어떨까 싶어서."

간신히 가시를 다 바른 고등어를 먹었다. 가시만 없다면 고등어도 싫지 않았다.

"아라타 얘기니? 역시 사립에 간대?"

역시라니. 엄마도 아라타가 입시를 준비한다고 생각했구나.

"입시 얘기는 들은 적 없어."

"아무리 우수해도 지망 학교에 붙는다는 보장이 없으니까 합격 발표 전까지는 굳이 말하지 않을 수도 있지."

흠, 그런가. 그래도 나한테는 말해줘야 한다고 생각하는 건 나만은 특별하다는 건방진 착각일까.

"굳이 모르는 애들만 있는 학교에 안 가도 될 텐데."

"그래도 그 학교에 가고 싶으니까 그러겠지. 부모님 사정 때문에 전학 가는 것보다는 적극적이라 좋잖니?"

"그야 전학도 싫지만."

부모님 회사 사정 때문에, 집을 샀으니까, 이런 이유라면 아이들이 반대할 수 없으니까 포기할 수 있었다. 하지만 입시를 치르는 사람은 아이다. 가고 싶지 않다면 시험을 안 보면 된다. 부모님이 강제로 원서를 넣더라도 답안지를 백

지로 내면 불합격이다.

그런 생각을 하던 나는 왜 기분이 떨떠름한지 알았다.

나는 아라타가 입시를 치른다고 말해주지 않아서 싫은 게 아니라 나랑 다른 학교에 가려고 하는 게 싫었다.

으으, 이건 진짜 별로다. 한심해.

괜히 이상한 생각은 하지 말고 먹는 데나 집중하자. 열심히 고등어를 먹자. 젓가락으로 커다랗게 자른 고등어 살점을 입에 넣었을 때, 엄마가 뜬금없이 말했다.

"그러고 보니 아빠는 중1 때 전학 왔었어."

응? 되물으려다가 꾹 참았다.

아빠 이야기.

나는 아빠에 관해 아는 게 거의 없었다.

사진 찍히는 걸 싫어했다. 해변에서 바비큐를 굽던 중에 조개를 캐러 바다에 들어갔다가 물에 빠져 죽었다. 이 정도만 알고 있었다.

그렇다고 관심이 없는 건 아니었다. 다만, 어린이집 때의 바비큐 사건이 떠올라 묻지 못하겠다. 엄마의 슬픈 얼굴을 다시는 보고 싶지 않았다.

그래도 지금은 엄마가 말을 꺼냈으니까, 대화를 잘 이어갈 수만 있다면 괜찮겠지?

나는 입에 넣은 고등어를 왼쪽으로 보내 어떻게든 말할 수 있는 상태로 만들었다.

"어디에서 왔는데?"

"나가노. 부모님이 나가노 분이셨어."

아빠의 부모님, 그렇다면 내 할아버지와 할머니였다. 하지만 두 분 다 일찍 돌아가셨다고 들었다. 그래서 나한테는 엄마 쪽 할아버지와 할머니만 계신다.

"나가노면 일본 알프스였나? 높은 산이 있는 곳?"

으아, 진짜. 말하기 힘들어. 고등어가 방해해.

꼭꼭 씹지 않았지만, 그냥 삼킬 테다.

"맞아. 산만 많고 바다는 없는 곳이라고 했었어."

잘 발라냈을 텐데 잔가시가 목을 찔렀다.

이럴 때는 밥을 씹지 않고 통째로 넘기면 되나? 하지만 밥을 안 씹고 삼키는 거 나는 절대 못 한다.

바다.

아빠가 죽은 바다.

허둥거리지 마. 엄마가 말을 꺼냈잖아.

나가노현에는 바다가 없다. 작년 사회시간에 배웠다. 도치기현과 군마현, 사이타마현에도 바다가 없고 또….

볼이 터지도록 쑤셔 넣은 밥을 두세 번 씹고 삼켰다. 가

시가 내려간 모양이다. 목이 살짝 이상한 느낌이긴 했다. 가만히 있지 말고 뭐든 말해야 해. 목의 묘한 느낌은 보리차로 그냥 넘겨.

보리차를 분명 거의 다 마셨는데 어느새 컵에 찰랑찰랑 담겨 있었다. 엄마가 따라줬나 보다.

엄마는 보리차 주전자를 든 채 멍하니 있었다.

이럴 때, 엄마는 아빠를 생각한다. 어떤 생각일까. 중학교 때 일? 즐거웠던 일? 아니면?

무슨 생각을 하는지 묻고 싶었다. 하지만 또 그때처럼 슬픈 표정을 지으면 어떡하지?

"왜 그래?"

엄마를 보지 않으려고 고등어의 가시를 꼼꼼히 살피며 물었다.

"어? 아, 오늘 된장 조림이 조금 짜게 된 것 같아서."

평소의 목소리. 평소의 얼굴. 그런데 왠지 불안했다.

"그런가? 평소랑 똑같이 고등어 느낌인데."

나도 평소와 같은 목소리, 평소와 같은 얼굴로 말하고 있을까.

"고등어 느낌이 무슨 느낌인데? 아, 또 생각났어. 한자 시험."

"그런 걸 왜 생각해? 그래도 상을 준다고 하면 의욕이 좀 더 생길 것 같아."

"집요하긴. 그럼 이번에만 특별히 상을 설정해줄게. 이 번 정기 시험에서 전 과목을 재시험 없이 단번에 합격하면 500엔."

"뭐야, 전 과목은 1,000엔쯤 줘야지. 그 정도 가치가 있거든?"

"아니거든. 하지만 뭐 백 점을 받으면 1,000엔도 좋아."

"그럼 전 과목 단번에 합격하면 500엔에 백 점 하나당 1,000엔 주는 거, 어때?"

"아아, 노력을 돈으로 낚는 짓만은 안 하겠다는 주의였는 데."

"가끔은 주의를 바꿔도 되잖아?"

사실은 그런 상 같은 건 원하지 않았다. 하지만 말을 꺼 낸 이상, 상을 노리고 노력하는 아이인 척 굴어야 한다.

고등어 가시가 박힌 위화감이 좀처럼 사라지지 않았다.

2

돈가스의 이유

상을 약속하고 곧바로 6월 정기 시험이 있었다. 산수, 과학, 사회, 한자. 평소보다 열심히 공부했다.

시험이 끝나고 이틀 후. 답안지가 차례차례 돌아왔다. 산수도 과학도 사회도 무사히 합격. 백 점은 못 받았지만. 마지막 6교시 국어 시간에 문제의 한자 시험지가 돌아왔다.

이번에는 잘 봤다. 그런 줄 알았는데…….

"이거 왜 틀렸지?"

맡길 임은 '任'이 맞지 않아?

어리둥절한 표정인 내 앞에 다케시타 선생님이 다가왔다.

"히로키, 잘 봐라. '任'은 사람인변(亻)이어야지. 여기 필요 없는 게 하나 붙었지?"

다케시타 선생님이 답안지를 톡톡 가리켰다.

으악.

정말로 대각선이 두 개여서 두인변(彳)이 되었다.

하지만 지금 실수를 인정하면 안 된다. 이것만 맞으면 합격점인 80점이 된다.

"에이, 이거 인쇄가 잘못된 거 아니에요?"

"선생님 눈을 속일 생각은 하지 마라. 틀림없이 네 연필 선이니까."

선생님은 단호했다.

뭐, 사실이니까 어쩔 수 없지.

답안지 다음으로 시험 결과를 표로 만든 테스트 카드도 받았다. 백 점이면 금색 스티커. 합격이면 빨간 스티커인데, 당연히 6월 한자 칸에는 빨간 스티커가 없었다.

"에이, 그것만 맞았으면 합격인데."

힘이 빠져 책상에 엎드렸다.

"하나 더 안타까운 이야기를 해주자면, 그건 5학년 때 배운 한자다. 그래도 이번엔 열심히 했더구나. 다음에는 합격해라."

선생님은 그렇게 말하고 칠판 앞으로 돌아갔다. 나는 책상에 턱을 괸 채 입술을 삐죽이며 선생님의 등을 바라보았다.

다음이 아니라 지금 합격하고 싶다고.

꾸물꾸물 몸을 일으키는데 옆에 앉은 아라타가 이상했다.

"왜 그래?"

아라타가 보고 있는 테스트 카드를 들여다보았다. 아라

타의 카드에는 금색이 반짝였다.

그럴 줄 알았는데 딱 한 군데에 금색이 없었다. 빨간 스티커 한 장이 철썩. 산수가 95점.

"최악이야."

아라타가 힘없이 중얼거렸다. 기분 탓인지 아라타의 얼굴이 창백해 보였다. 나는 놀라서 말했다.

"95점이 뭐가 최악이야. 내가 네 점수였으면, 음 3,500엔이나 받을 수 있어! 대단하다."

무리해서 까불거린 보람이 있게 아라타의 표정이 풀렸다.

"용돈을 받기로 했어? 웬일이야? 뭐 갖고 싶은 거 있어?"

갖고 싶은 거? 용돈을 받아서 뭐 할 거냐는 거구나.

"딱히 없어. 아, 그래서 못 한 건가."

"그렇지. 진심이 아니면 안 돼."

아라타의 말이 가슴에 쿡 박혔다.

상이고 뭐고 진심이 아니었다. 물론 돈이야 있는 편이 당연히 낫지만, 갖고 싶은 건 생각나지 않았다.

"야, 아라타. 지금 갖고 싶은 거 있어?"

"음, 글쎄. 자유로운 시간?"

와, 진짜 아라타다운 대답이다.

"그러면 그 시간에 뭐 할 거야?"

설마 공부라고 하진 않겠지.

아라타가 "어?" 하고 조금 놀란 반응을 보였다.

"음, 거기까진 생각 안 해봤어."

"뭐야, 의미 없네."

"왜 의미가 없어. 자유로운 시간이 많이 있으면 뭘 하고 싶은지 느긋하게 생각할 수 있잖아."

"그런가?"

중얼거리며 아휴, 하고 한숨을 내쉬었다.

상을 달라고 졸랐지만, 사실은 돈을 원한 게 아니었다.

"이거 봐!" 하고 테스트 카드를 보여줘서 엄마를 깜짝 놀라게 하고 싶었다.

시험 결과에 풀이 죽은 사이 종례 시간이 되어 알림장을 받았다. 'T 학교 부속 중학교 오픈 스쿨'과 'M 대학 부속 중학교 진학 상담회', 이렇게 두 장이었다.

나랑은 상관없네.

구겨서 가방에 넣으려다가 아라타를 힐끔 봤다.

아라타는 클리어 파일에 가지런히 넣었다.

"이런 거, 가냐?"

아라타가 살짝 어깨를 움츠렸다.

"여기는 안 가."

여기는.

그럼 어디 가는데.

종례가 끝나고, 다들 삼삼오오 밖으로 나갔다.

아라타의 뒤에서 걸으며 나는 6중에 갈 수밖에 없겠다고 생각했다.

그리고 곧 그게 뭐 나쁜가, 하고 생각을 바꿨다. 나는 한자를 잘 외우지 못하지만, 바보는 아니었다. 공부를 싫어하지도 않았다. 그래도 사립중학교에는 못 간다. 지금부터 공부하기엔 늦었고 돈도 없는걸.

"야, 아라타. 이 근처 고등학교 중에 제일 똑똑한 애들이 가는 데가 어딘지 알아?"

"갑자기 고등학교? 그야 1고겠지?"

"역시 최고는 1고인가?"

"아마."

"그럼 나는 좋은 중학교에 가는 건 무리겠지만 6중에서 열심히 공부해서 1고에 가서 도쿄대에 갈래. 거기에서…."

대학에서 만나자고 말하려고 했는데, 아라타가 뜻밖의 말을 했다.

"그래서 뭐가 되고 싶은데?"

"그래서라니, 아, 도쿄대에 가서? 음? 똑똑한 애는 뭐가 되지?"

"아마 의사나 변호사?"

"윽. 의사는 무서우니까 변호사 할래."

"의사가 왜 무서워?"

"주사가 싫거든."

"의사는 주사를 놓는 쪽인데, 뭐가 무서워?"

"무섭다니까. 아프겠다고 생각하면서 바늘을 어떻게 찌르냐."

"너는 진짜 특이하다니까."

아라타가 웃었다. 간신히 평소처럼 웃는다. 나는 안심해서 잘 가, 하고 손을 흔들었다.

혼자 걸으며 생각에 잠겼다. 아까 아라타가 한 말을.

어쩌다 보니 도쿄대에 가겠다고 했지만, 그러려면 공부를 얼마나 많이 해야 하지? 당연히 못 갈 거다.

그럼 어쩌지?

나는 뭐가 되고 싶을까. 고등학교야 그렇다 쳐도 대학에 가고 싶은가? 갈 수 있을까?

안 돼. 너무 나중 일이라 모르겠어.

그때 배가 꼬르륵 시끄럽게 울었다.

오늘 급식에 내가 싫어하는 크림 스튜가 나와서 거의 못 먹었다.

오늘 저녁은 뭘까? 고기면 좋겠다.

그런 생각을 하다가 문득 한심했다. 지금 내가 생각할 수 있는 건 저녁밥이 한계인가 봐.

엄마는 늘 일곱 시 넘어서 돌아온다. 내 임무는 빨래를 걷어 들이고 밥솥으로 밥을 지어두는 것. 엄마는 도시락 가게에서 일하는데 남은 음식이 그대로 저녁 반찬이 되곤 했다.

너무 후덥지근해서 엄마가 오기 전에 목욕을 하기로 했다. 샤워기를 틀어 욕조를 닦았다. 엄마 눈에는 대충 닦는 것처럼 보이나 본데, "욕조가 조금 더럽다고 죽진 않으니까"라고 웃으며 봐준다. 가끔 엄마가 목욕할 때 몸을 씻는 게 아니라 솔로 벅벅 문지르는 소리가 들리는데, 아마 마음에 걸리는 곳을 청소하는 거겠지. 그래도 엄마가 뭐라고 안 하니까 나도 그런 소리는 못 들은 척한다.

미지근한 물로 깨끗하게 씻고 선풍기를 독차지하고 있는데 엄마가 돌아왔다.

"다녀왔어. 오늘은 돈가스야."

돈가스는 남은 음식이 아니다. 돈가스는 따로 주문을 받아서 튀기니까. 특별히 우리가 먹으려고 가지고 온 것이다.

오늘이 무슨 날이었나? 엄마 생일? 아닌데, 엄마는 10월 생이니까 아니다. 내 생일은 8월이고 어머니의 날(일본은 어머니의 날과 아버지의 날이 따로 있는데, 어머니의 날은 5월 둘째 주 일요일이다-옮긴이)은 이미 지났다.

"무슨 일 있어?"

"무슨 일이 없으면 돈가스 먹으면 안 되니? 이렇게 말하고 싶지만, 내일 단골손님이 저녁을 먹자고 하셔서. 히로키, 내일 혼자서 괜찮겠니?"

"그럴 줄 알았어. 그런데 단골손님이라니 누구야?"

"지난달 일요일에 시민센터의 행사 때문에 도시락 주문이 들어왔잖아? 그랬더니 센터장님이 쉬는 날에 문을 열게 해 미안했다면서 보답을 하고 싶대. 우리는 그 후에 할아버지랑 할머니들이 종종 와서 사주시니까 광고 효과가 좋았는데. 그래도 하도 미안해하셔서 배달을 도와준 유리코랑 같이 대접을 받기로 했어."

"흐음. 그럼 나 라면 먹으러 가도 돼? 세이류켄의 스태미나 라면."

말은 이렇게 했지만, 지금까지 나 혼자 세이류켄에 간 적은 없었다. 그래도 종종 갔던 가게인 데다 집 근처이고 벌써 6학년이니까 괜찮겠지?

엄마는 살짝 얼굴을 찌푸렸다.

"괜찮은데 일곱 시에는 집에 와야 한다."

"네네. 알았다니까."

세이류켄까지는 오 분이면 가고 길도 전혀 위험하지 않은데 엄마는 하여간 걱정이 많다.

"'네'는 한 번만. 에이, 세이류켄에 갈 줄 알았으면 오늘 돈가스는 없어도 됐겠네."

투덜거리며 엄마가 냉장고에서 양배추를 꺼내 맹렬한 속도로 채를 쳤다. 화가 난 건 아니었다. 콧노래까지 흥얼거리는 모습이 이상할 정도로 기분 좋아 보였다.

"유리코 이모가 저녁 먹으러 가면 다카토시 이모부는 어떡해?"

"이때다 싶어 날개를 펄럭이며 술 마시러 가겠지. 유리코가 그러는데, 가끔은 자유롭게 풀어줘야 한다더라."

이모부랑 이모라고 부르지만 다카토시 이모부와 유리코 이모는 친척이 아니다. 다카토시 이모부와 유리코 이모, 우리 아빠와 엄마는 6중 동창생이다. 엄마가 다니던 시절에 6중은 학교 창문 중 어디 하나는 꼭 깨져 있는 '양아치가 많은 학교'(다카토시 이모부의 말)였다고 한다.

이모부랑 이모는 '다카노 전기'라는 전자기기 가게를 운영하는데, 우리 집의 전자제품은 전부 이모부 가게에서 샀다. 할인을 많이 받는 것 같았다. 고장 났을 때도 바로 고치러 와주었다. "전자기기를 파는 친구는 사귀어두면 좋다니까"라며 껄껄 웃는 이모부는 조금 멋있다. 배도 나왔고 머리도 희끗희끗해서 진짜 아저씨 같은데도. 이모부와 이모한테는 아이가 없어서 나를 아들처럼 귀여워해준다. 이모부랑 말하다 보면, 아빠가 살아 있었으면 이런 느낌이 아닐까 싶었다.

하지만 이모부가 웃을 때의 눈매는 나와 닮지 않았다.

"맞다. 다카토시라면 침낭이 있을지도 몰라."

입에 잔뜩 넣은 돈가스에 집중하고 있던 나는 엄마의 말을 바로 이해하지 못했다.

"침낭? 아, '학교에서 숙박하자' 때문에?"

이모부한테 빌리자는 건가? 올해도 담요를 가져가야겠다고 생각했는데.

"작년에 다들 침낭을 가지고 왔잖아. 이모부, 그래 보여도 젊어서는 아웃도어파였어. 요즘은 산에도 안 가는 것 같으니까 곰팡이가 피었을지도 모르겠다. 이번에 가서 물어보면 어떠니?"

"싫어. 곰팡이보다는 담요가 훨씬 낫다."

"곰팡이가 없을 수도 있잖아."

그러고 보니 아라타는 침낭을 새로 샀을까? 가족끼리 캠핑하러 간다면 가족 수만큼 필요하다. 누나가 있으니까 네 개인가? 돈이 많이 들겠다.

멍하니 생각에 잠겨 있는데 엄마가 나를 빤히 바라보았다. 눈빛이 불안해 보였다.

"왜?"

"아니, 유난히 표정이 진지해 보여서 무슨 고민이 있나 해서."

"고민 없어. 돈가스는 왜 이렇게 맛있을까 생각했는데."

아라타는 부모님이 침낭을 사주신대, 같은 말은 못 한다. 엄마를 안심시키려고 계속 재잘댔다.

"역시 돈가스는 최고야. 앞으로 일주일에 한 번은 돈가스로 하자."

엄마의 멈췄던 젓가락이 다시 움직여서 채 친 양배추에 돈가스 소스를 버무렸다.

"가끔 먹으니까 가치가 있는 거야. 그리고 튀긴 음식만 잔뜩 먹으면 몸에 안 좋잖니."

일주일에 한 번이면 '튀긴 음식만 잔뜩'은 아니잖아.

"매일 닭튀김 도시락을 사는 손님한테 그렇게 말해보지?"

"맞아, 오늘 그 손님이 말이야, 가끔은 다른 걸 먹겠다고 해서 잔뜩 기대했더니 치킨난반(닭고기를 간장, 식초, 미림 등을 섞어 만든 소스에 적셔 타르타르 소스와 함께 먹는 요리-옮긴이) 도시락을 사더라."

"역시 닭고기에서 떠나지 못했네."

"그러니까. 그것도 튀긴 거. 방어구이 도시락이나 균형 잡힌 전통식 도시락 같은 추천 상품이 잔뜩 있는데."

"어떤 사람이야?"

"대학생이려나? 매번 밥은 곱빼기야. 아, 히로키, 밥 더 먹을래?"

"괜찮아. 배불러."

"그래? 많이 먹고 살 좀 찌면 좋겠는데?"

"더 먹으면 토할걸."

"으악, 그건 안 돼. 아깝잖아."

아까운 게 문제야?

나는 몸이 큰 편은 아니다.

아니, 솔직히 말해서 꼬맹이다. 키는 앞에서 두 번째, 팔뚝 두께와 다리 두께가 비슷할 정도로 말랐다. 키순으로 1번인 야마다에게 왜 자기보다 키가 크면서 5킬로그램이나 가벼 우냐는 소리를 들을 정도다. 참고로 야마다는 절대 뚱뚱하 지 않았다. 보들보들한 여자애여서 내심 조금 괜찮다고 생 각한다. 내가 너무 말랐다.

뚱뚱해지긴 싫지만, 너무 말라도 좀 별로다. 축구를 하는 가토는 허벅지 근육이 단단하고 어깨도 딱 벌어졌다. 그 정 도는 아니더라도 최소한 평범하게는 되고 싶은데. 이것도 유전인가. 엄마는 뚱뚱하지도 않고 너무 마르지도 않은 평 범한 아줌마였다.

아빠는 어땠을까. 나 정도 나이일 때.

"혹시 정말 몸이 안 좋니?"

내가 멍하게 구니까 또 엄마의 걱정 병이 도졌다.

"에이, 아니야. 잘 먹었습니다."

일어나 접시를 싱크대로 가져갔다.

"힘들면 엄마가 할게."

"괜찮다니까."

스펀지에 거품을 잔뜩 내 설거지하는 건 생각보다 재미있 다. 거품과 함께 복잡한 머릿속도 물에 흘려보내고 싶었다.

"맞다. 테스트 카드 받았으니까 도장 찍어줘."

전화기 옆에 둔 테스트 카드를 가리키자 엄마가 어디 보자, 하며 카드를 펼쳤다.

"흠, 조금 아까웠네. 혹시 이것 때문에 힘이 없었어?"

"아닌데."

"정말?"

"정말이야. 시험 같은 걸로 왜 우울해."

"그렇다면 괜찮지만. 역시 돈으로 낚아서 의욕을 끌어낸 게 나빴네. 주의를 쉽게 바꾸는 것도 안 좋아."

"역시 그렇게 나오지!"

유난스럽게 한탄하자 엄마가 웃었다.

이제 됐다.

"좋아. 그럼 엄마는 목욕할게. 아, 어떡해. 뿌리가 하얗네. 염색해야겠다."

뿌리란 머리카락을 말한다. 흰머리가 나기 시작했다면서 엄마는 때때로 머리에 잔거품 나는 염색약을 바르고 비닐을 뒤집어썼다. 처음 했을 때는 뒷머리가 잘 안 보인다고 나한테 발라달라고 했는데 한 번 하고 싫어졌다. 냄새도 이상하고, 나는 엄마 머리에 흰머리가 조금 있든 말든 상관없는걸. 전부 흰머리라면 싫을지도 모르겠지만.

일할 때는 모자를 쓰니까 머리카락이야 아무래도 괜찮잖아. 도시락에 머리카락이 안 들어가는 게 중요하지.

이렇게 투덜댔더니 다시는 부탁하지 않았다. 자기 일은 스스로 해야지.

산수 문제집만 두 장 풀면 돼서 숙제가 금방 끝났다. 텔레비전에서 재미있는 방송도 안 했다. 오랜만에 게임을 하려고 했는데 게임기 배터리가 다 떨어졌다. 도서실에서 책을 빌려올 걸 그랬다.

에잇. 기지개를 켜고 누웠다.

시계를 보니 아홉 시가 조금 지났다. 아라타는 아직 학원에 있을까. 대체 무슨 공부를 할까. 어느 학교에 가려나.

이를 닦는 동안에도 엄마는 여전히 욕실에서 나오지 못했다. 머리카락을 염색하는 데 시간이 걸리나 보다.

"나 잘 거야"

욕실에 있는 엄마에게 말하고 이부자리에 누웠다. 욕실에서 물을 쓰는 소리가 파도 소리처럼 들렸다. 바다에 가본 적이 없어서 진짜로는 어떤 소리인지 모르지만. 본 적 없는 바다를 상상하며 눈을 감자 어느새 잠이 들었다.

대부분 6중에 가는데도 이상하게 학교에서는 사립중학교 안내장을 나눠주고, 복도에도 포스터를 붙였다.

오늘 아침에 새로 붙은 포스터는 'K 학교 부속 중학교 견학회'였다. K 학교는 일단 같은 지역에 있지만, 전철을 갈아타고 두 시간 넘게 가야 한다. 다들 힐끔 보기만 하고 지나쳤는데, 아라타는 '힐끔'이 아니었다. '힐끔'보다 아주 조금 길었다. 마음에 둔 학교인지도 몰랐다.

하교할 때, 나는 그 포스터를 한 번 더 봤다.

남자 교복은 남색 재킷에 넥타이, 그리고 회색 바지, 여자도 남색 재킷과 넥타이는 같은데 바지가 아니라 치마. 넥타이 같은 건 어떻게 매는지도 모른다. 6중의 단추 달린 교복이 편할 것 같다. 그런데 넥타이보다 더 신경 쓰이는 게 있었으니, '기숙사 완비'라는 글자였다.

아라타의 누나, 기숙사가 있는 고등학교에 다니지 않았었나?

잠시 후, 아라타가 내 뒤를 지나갔다. 학원에 다니느라 바빠서 아라타는 늘 학교가 끝나면 곧바로 집에 갔다. 나는 아라타를 쫓아갔다. 건물 입구 너머로 펼쳐진 운동장이 눈부셨다.

"야, 아라타. 너희 누나, 저 K 고등학교에 다니냐?"

톡.

아라타의 운동화가 시멘트 바닥에 떨어졌다. 왼발 운동화는 바닥 깔개에 닿아 뒤집혔고, 오른발 운동화는 튀어서 내 다리에 부딪혔다.

아라타가 칫, 하고 혀를 차며 뒤집힌 운동화를 발로 다시 뒤집어 신었고, 나는 날아온 운동화를 발끝으로 아라타 쪽에 밀어주었다.

"…벌써 졸업했는데."

"어? 그럼 누나, 지금 대학생이야?"

"응. U 대학 2학년."

운동화를 신은 아라타가 성큼 걸어갔다.

"U 대학? 집에서 못 다니겠네? 특급 전철을 타야 하잖아."

"그래서 집에서 나가 혼자 살아."

"대단하다, 대학생인데 혼자 살아? 아, 좀 기다려봐."

불러세우자, 아라타가 조금 짜증 섞인 눈빛으로 돌아보았다.

6학년이 된 후로 아라타는 종종 저런 눈빛을 보였다.

내가 그렇게 짜증 낼 만한 소리를 했나? 예전에는 시시한 이야기로 같이 깔깔 웃곤 했는데, 대체 뭐야.

그렇게 다른 중학교에 가고 싶어?

나도 모르게 입에서 나올 것 같은 말을 꾹 참았다. 그렇다고 대답할까 봐 무서웠다. 버림받는 것 같아서.

그래서 아라타의 짜증을 모르는 척하고 느긋하게 말했다.

"덥다. 학교 수업, 계속 수영만 하면 좋겠다."

더우니까 짜증이 나는 거다. 장마철인데 최근 비가 한 방울도 안 왔다. 모든 것이 바싹 말랐다.

집에 오자마자 냉장고의 보리차를 벌컥벌컥 마셨다. 이어서 저녁 해를 담뿍 받아 뜨끈뜨끈한 베란다의 빨래를 걷어들이고, 평소처럼 쌀을 컵으로 재려다가 앗, 하고 떠올렸다.

"스태미나 라면 먹으러 가야지!"

쌀을 쌀통에 다시 붓고 시계를 봤다.

아직 다섯 시도 안 됐다.

바깥은 햇볕이 이글이글 불타서 세이류켄까지 걸어가다가 땀범벅이 될 것 같았다. 조금 더 시원해지면 나가야지. 오늘은 금요일이다. 숙제는 내일 하면 된다.

"더워!"

오늘 백 번째쯤의 "더워!"를 외치며 벌러덩 누웠다. 물론 바싹 마른 수건 위로 다이빙하는 짓은 안 한다. 뜨겁기도 하고, 열심히 빨아서 말렸는데 땀을 묻히면 엄마한테 혼난다. 너무 더워서 일사병을 일으킬 것 같으면 아끼지 말고 에어컨을 켜라고 엄마가 말했지만, 혼자 있을 때 에어컨을 켜는 건 아까워서 못 하겠다. 일사병을 일으킬 더위가 어느 정도인지도 잘 모르겠고. 오늘의 더위쯤은 선풍기로 견딜 수 있었다.

갈색으로 변해 거스러미가 눈에 띄는 다다미를 바라보며 오늘 본 K 학교의 기숙사 사진을 떠올렸다.

크림색 벽에 반짝반짝한 책상과 침대가 놓인 방은 이렇게 덥지 않겠지. 쾌적한 환경에서 열심히 공부하는 거다.

나야 방이 아무리 쾌적해도 공부 따위 안 하겠지만. 너무 쾌적하면 졸리지 않을까? 이렇게 더워도 졸리는데….

번쩍 눈을 뜨고 시계를 보자 여섯 시 오십 분이었다.

오래 잔 것 같지 않아서 시계가 잘못된 줄 알았는데, 창밖이 어둑어둑했고 바람도 조금 쌀쌀했다. 시계는 정확했다. 내가 깜박 잠이 들었었다.

엄마가 일곱 시에는 집에 오라고 했지.

세이류켄까지는 오 분이 걸린다. 아무리 생각해봐도 불가능했다. 엄마 말을 고분고분 들을 생각은 없지만, 그렇다고 스태미나 라면을 먹을 기분도 아니었다.

"편의점에서 도시락을 살까."

혼잣말이 많은 이유는 집에 혼자 있는 시간이 많아서다.

사사키나 와타베에게 "히로키, 중얼중얼 시끄러워"라는 소리를 들은 적 있는데, 아라타는 내 혼잣말을 그냥 무시해준다. 아니, 아라타도 중얼거린다. 아라타네 엄마는 전업주부니까 혼자 집에 있는 시간이 거의 없을 텐데도.

지갑을 주머니에 쑤셔 넣고 집에서 나왔다. 편의점은 세이류켄보다 멀지만, 거기에서 먹는 건 아니니까 일찍 집에 올 수 있다.

엄마한테 편의점에 가겠다고 하면, 엄마 가게에 없는 도시락을 사서 상품 연구를 해보라고 하려나?

멍하니 생각에 잠긴 채 편의점으로 들어갔다. 도시락 코너가 텅 비었다. 이런, 거의 다 팔렸네.

남은 도시락은 김 도시락과 돈가스 덮밥, 미트소스 스파게티, 오므라이스. 주먹밥도 가다랑어포 주먹밥이랑 명란젓과 갓 주먹밥, 그리고 소금 주먹밥뿐이었다. 샌드위치는 햄과 양상추만 남았다. 내가 좋아하는 미역 주먹밥은? 달걀 샌드위치는? 야키소바 빵은? 아무리 찾아도 보이지 않았다.

이럴 줄 알았으면 세이류켄에 갈걸.

그렇다고 지금 다시 가는 것도 귀찮았다. 나는 돈가스 덮

밥을 계산대로 가져가 돈을 냈다.

돈가스 도시락이 담긴 봉지를 앞뒤로 흔들며 왔던 길을 걸어오는데, 경트럭이 나를 추월했다. '다카노 전기'라는 글자가 보였다. 다카토시 이모부다.

반사적으로 손을 흔들려다가 그만뒀다.

"이모부!" 하며 손을 흔들다니, 애 같아서 별로야.

"어머? 세이류켄에 간다더니? 돈가스 덮밥이네? 어제 돈가스 먹었잖아?"

아홉 시 전에 돌아온 엄마가 쓰레기통에 쑤셔 넣은 용기를 눈치 빠르게 발견하고 물었다.

"…그냥 마음이 바뀌었어."

엎드려서 만화책을 읽다가 고개만 살짝 들고 대답했다. 소스가 안 묻은 밥을 다 못 먹고 버린 것도 들켰겠지만 그건 봐줬으면 좋겠다.

"흠. 그렇지, 유리코가 침낭이 있을 것 같다고 가지러 오랬어. '학교에서 숙박하자'는 다음 주였지?"

"어, 아마."

침낭이 있고 없고의 문제가 아니라 곰팡이가 있는지 없는지가 문제인데. 만화로 시선을 돌리며 생각했다. 내 태도가 엄마 마음에 안 들었나 보다.

"아마? 얘가… 네 일이잖아? 알아서 잘해야지."

"네네, 알았어. 간다니까."

읽다 만 만화를 두고 일어났다. 재미있었는데.

"'네'는 한 번만. 이번 주말에 빌리면 되지?"

아마, 라고 말하려다가 삼키고 식기장 옆에 걸린 달력을 보았다. 7월 14일에 '학교 숙박'이라고 잘 적혀 있었다. 엄마의 글씨였다. 나한테 묻지 말고 저걸 보면 되잖아.

"참, 오늘 스태미나 라면 먹으러 안 가서 오히려 잘됐다. 다음 주 월요일에 세이류켄에서 저녁 먹을래?"

"왜?"

우리 집은 외식을 거의 안 하는 주의다. 집에서 만드는 게 저렴하고 가게의 남은 음식도 있으니까. 오늘 엄마는 외식했고 나도 외식 비슷한 걸 했는데 다음 주 월요일에 또?

"오늘 센터장님이 라면을 좋아한다고 해서 세이류켄 스태미나 라면을 추천했더니 흥미를 보이더라고. 오늘 밤의 보답으로 라면쯤은 사겠다고 했거든."

"잠깐만. 오늘은 휴일에 도시락 배달을 해준 보답이었지? 이번엔 그 보답이야? 대체 뭐야?"

"앗, 그러고 보니 그러네. 하지만 엄마도 스태미나 라면을 먹고 싶었어. 너만 먹으니까 부러웠거든."

"보답에 또 보답, 끝이 없잖아."

내가 말하자, 엄마가 부드럽게 눈웃음치며 웃었다.

"그 그림책, 너 정말 좋아했지? 처음 읽었을 때 '아이를 보답으로'라는 부분에서 울려고 하고… 귀여웠는데. 어쩜 이렇게 많이 자랐을까?"

엄마가 내 머리를 마구 쓰다듬었다.

어렸을 때 좋아했던 《보답》이라는 그림책.

여우 가족이 너구리 옆집에 이사를 와서, 잘 부탁한다고 딸기를 가져갔더니 보답으로 죽순을 받았다. 그 보답으로 꽃을 주고, 탁자를 주고, 그렇게 집에 있는 모든 걸 보답으로 주다가 아이까지 보답으로 주고, 끝내는 자신을 보답으로 내놓는다는 이야기. 모든 것이 뒤바뀌어 여우 가족이 너구리 집에서, 너구리 가족이 여우 집에 살게 되어 안심했다. 해피엔딩이란 걸 알고는, 그때까지 이야기가 재미있어서 매일 밤 읽어달라고 졸랐다. 몇 살까지 그랬더라?

"아무튼 그렇게 됐으니까 월요일은 라면이야. 밥솥 세팅 안 해도 돼."

"그렇게 되긴 뭐가 그렇게 돼. 아, 됐어. 잘래."

"네네, 잘 자렴."

엄마는 "네네"라고 해도 되네. 어른은 치사해. 반박하고 싶은 마음을 억누르고 이불을 뒤집어썼다. 엄마는 조금 취했는지 콧노래를 부르며 이를 닦았다.

그 그림책, 여우 가족도 너구리 가족도 아빠가 없었지.

혹시.

엄마는 그래서 그 그림책을 사줬을까.

3

소원

역 앞 상점가는 일요일마다 쉰다. 그러니까 토요일에 엄마는 일한다. 아라타는 학원. 가토나 와타베처럼 비교적 마음이 맞는 친구들은 스포츠 소년단에서 활동하니까 토요일 오전에는 대부분 연습한다. 소년단이 아닌 나는 할 일이 없었다.

일하러 가는 엄마를 이부자리에 누워 배웅하고 느지막이 일어나 빵과 우유로 아침을 먹었다. 대충대충 게임을 하다가 숙제를 잠깐 하고 엄마가 준비해준 점심을 먹은 뒤, 평소에는 누워서 책을 읽거나 누가 놀자고 하면 나가서 놀곤 했다.

그러나 오늘은 다카토시 이모부한테 가야 한다. 엄마가 유리코 이모에게 한 말이 곧바로 이모부에게 전해졌을 테니까 빨리 가지러 가야 한다.

자전거를 타고 다카노 전기로 갔다.

태양이 팔을 지글지글 태웠다. 모자가 바람에 날아갈 것 같아서 얼른 앞 바구니에 던져 넣었다.

"어이, 초등학생이 위험하게 헬멧을 안 쓰면 안 되지."

나를 보자마자 이모부가 말했다.

이모부는 가게 앞에 내놓은 대나무가 쓰러지지 않게 줄로 기둥에 묶는 중이었다.

"그래도 더운걸."

"다쳐도 내 알 바 아니다."

알 바 아니면 굳이 왜 말한담? 작게 구시렁거리고 주차장으로 가서 자전거를 세웠다.

가게 입구로 돌아오자 이모부는 줄과 가위를 종이봉투에 넣으며 정리하고 있었다.

"곧 칠석이구나."

조릿대에 달린 종이에 여러 사람이 적은 글자가 가득했다(일본에는 칠석 때 소원을 적은 종이를 조릿대에 매어 다는 풍습이 있다-옮긴이).

가족 모두 안전하기를. 모두 웃으며 살 수 있기를. 디즈니랜드에 가고 싶어. 조금 쉴 수 있기를. 부자가 되고 싶다. 지망 학교에 합격하고 싶다.

"전자기기나 파는 가게에서 소원 종이를 적는 사람이 있네."

파란색, 노란색, 분홍색 종이가 하늘하늘 흔들리는 모습을 바라보며 말했다.

"전자기기나? 이 녀석, 실례잖아. 종이와 펜을 건네면 반사적으로 뭐든 쓰는 법이야. 그러니까 너도 써라."

이모부가 조금 발끈한 척하며 파란 종이를 억지로 건넸다.

"침낭을 빌리러 왔을 뿐인데."

"온 김에 하면 되잖아. 종이도 마침 딱 한 장 남았으니까."

남았으니까 하라고?

어쩔 수 없이 종이와 펜을 받았다.

"대충 쓰면 되지?"

펜 뚜껑을 힘차게 열었다. 퐁 소리가 났다. 그래도 대충은 생각보다 어려웠다.

다른 소원을 따라 쓰려고 했지만, 가족 모두 안전하기를 바라면 가족 아닌 사람은 안전하지 않아도 된다는 건가 싶고, 디즈니랜드는 줄 서서 기다리기 힘들 것 같았다. 쉬는 건 이미 하고 있고, 수험생도 아닌걸… 하고 진지하게 생각에 잠겼다.

고민하고 있는데 이모부가 나를 물끄러미 바라보고 있었다.

"왜?"

집요한 시선에 움츠러들어 묻자, 이모부가 움찔하더니 평소 표정으로 돌아왔다.

"아니, 너도 그런 표정을 짓는구나 싶어서."

"그런 표정이라니, 어떤 거?"

"으음, 진지한 표정? 아무튼, 썼냐?"

"아직이야. 생각하는 중. 계속 보면 못 쓰니까 저리 가."

"저리 가라니, 여긴 내 가게야."

투덜대면서도 종이봉투를 들고 가게 안으로 들어가는 이모부의 등을 바라보며 문득 생각했다. 그러고 보니 엄마도 내가 생각에 잠기면 빤히 쳐다보곤 했다.

"너도 그런 표정을 짓는구나"라고 했지. 너도? 나랑 누군데?

아빠?

"빨리 써라. 침낭을 찾아야지."

가게 안에서 이모부가 말을 걸었다.

찾아서 꺼내놓은 게 아니었구나. 뭐, 기대도 안 했다.

그나저나 뭘 쓰느냐가 문제였다.

파란 종이를 빤히 바라보았다. 파란색. 파란색이라면 하늘이나 바다.

'바다에 가고 싶다.'

아니야, 안 돼. 이모부랑 이모가 읽을지도 모르니까 그런 건 못 쓴다. 그러면 뭐, 아무 데나 괜찮아.

'어딘가 가고 싶다.'

"뭐라고 썼어?"

서둘러 쓰고 조릿대에 매단 것과 이모부가 말을 건 것은 거의 동시였다.

"비밀."

속으로 어딘가는 어딘데, 하고 스스로 태클을 걸었다.

"흥, 쌀쌀맞기는. 어려서는 뭐든지 전부 털어놨으면서 비밀이라니. 이렇게 아이가 어른이 되는 거구먼."

"이상한 소리 그만하지?"

"그래, 그래. 침낭이지? 창고에 있을 거야."

가게에 있는 이모에게 말을 걸고, 이모부가 주차장을 가로질러 창고 셔터를 드르륵 열었다.

"으으, 덥네."

닫혀 있던 창고는 사우나처럼 더웠다. 후덥지근한 열기가 안에서 밀려 나왔다. 나는 티셔츠 자락을 펄럭이며 어떻게든 시원하게 해보려는 허무한 노력을 했다. 이모부는 일하는 중이니까 하얀 폴로셔츠와 베이지색 바지를 입었다. 당연히 반바지가 아니라 긴바지. 보기만 해도 더웠다.

창고 입구 근처에는 커다란 발전기가 있었고, 텐트나 접이식 탁자 따위가 잔뜩 놓여 있었다.

"벌써 십 년은 아웃도어에 흥미가 없었으니까 어떤 상태인지 모르겠는데, 여기 안쪽 상자에 반합이나 슐라프작이 있을 거야. 직접 찾아보렴."

"슐라프작이 뭐야?"

"침낭이야. 슐라프작이라고 하면 더 멋있잖아?"

"흐음. 어느 나라 말인데?"

"글쎄다, 어디 말이지? 영어는 아닌 것 같은데… 어디든 무슨 상관이냐. 그래, 침낭을 다음 주에 쓸 거랬나? 이거 아쉽네. 사흘 연휴에 역 앞 상점가에서 상공회의소가 총력을 기울인 여름 대행사가 있는데 도와달라고 못 하겠어."

"어린이한테 의지하지 마시지? 그런데 이건 뭐야?"

벽 쪽 선반에 '증정'이라고 적힌 상자를 살펴보던 나는 정체 모를 것을 발견했다. 트럼프보다 조금 커다란 물건인데, '증정 다카노 전기'라고 적힌 포장지를 둘러서 패키지 설명이 보이지 않았다. 포장지가 갈색으로 변했으니까 오래된 물건 같았다.

"아직 남아 있었네…. 그건 '우쓰룬데스'('찍습니다'라는 뜻이다-옮긴이)야."

"우쓰룬데스? 그게 뭔데?"

"일회용 카메라. 요즘 아이들은 모르겠구나, 디지털 세대니까. SD 카드가 아니라 필름에 영상이 남아. 그 필름을 사진관에 가지고 가서 현상하지. 현상해서 보면 죄다 초점이 나간 것만 있고 그랬어."

"뭔지 모르겠는데 귀찮을 것 같다."

"뭐, 귀찮았지. 아버지 시대 때 증정품으로 쓴 건데 이제 손님에게 나눠주진 않아. 갖고 싶으면 주마."

다카노 전기의 할아버지는 지금 양로 시설에서 지낸다. 그 할아버지가 가게를 하던 때라면 정말 옛날이구나. 못 쓰는 거 아냐?

"필요 없어. 그보다 침낭."

점장님, 가게에서 이모가 이모부를 부르는 소리가 들렸다. 손님이 왔나 보다.

"이런, 지금 갈게."

이모부가 대답하고, 내게도 "그럼 간다"라고 말하고는 가게로 돌아갔다.

셔터를 활짝 열었는데도 창고의 열기는 여전했다.

나는 티셔츠 소매를 걷어붙이고 안으로 들어가 상자를 살펴보기 시작했다.

반합, 집게, 손전등, 바비큐 석쇠, 걸레 같은 수건. 이것저것 들었는데 침낭 같은 건 없었다. 아래에 있는 상자에 들었나?

　위쪽 상자를 치우려고 들었는데 밑이 빠졌다. 테이프가 너무 오래된 모양이었다. 내용물이 우르르 쏟아져서 금속 컵이 데굴데굴 바닥을 굴렀다.

　"아휴."

　짜증이 나서 한숨을 쉬었다. 괜히 일만 늘었다.

　이렇게까지 했는데 여기 없으면 최악이야.

　아래에 깔렸던 상자를 열어보니 불행 중 다행으로 진녹색 주머니가 있었다. 끄집어내보니 커다란데 가벼웠다. 침낭이었다.

　"찾았다."

　의외로 빨리 찾아서 기분이 좋아졌다. 흐트러진 물건을 보며 '어쩔 수 없지, 어디 정리 좀 해줄까' 하고 건방지게 생각했다. 밑이 빠진 상자 대신에 입구 가까이 있던 새 상자에 주워 모은 물건들을 마구 집어넣었다. 낡은 수건도 넣어야 하나 고민했는데, 빼놓기 귀찮아서 넣었다.

　"응?"

　금속 접시 아래에 이상한 게 있었다. 초록색 종이 상자였다.

뭔지 궁금해하기도 전에 안에 뭐가 들었는지 겉에 적혀 있었다.

'우쓰룬데스.'

아까 이모부가 말한 일회용 카메라였다.

아까도 생각했는데 이름이 뭐 이렇지? 아니, 그보다.

"이게 카메라야?"

카메라치고 너무 가벼워서 장난감 같았다.

렌즈도 달렸고 누르는 셔터 같은 것도 있는데, 화면이 어디에도 없었다. 뭘 찍는지 보지도 않고 찍으라는 건가? 찍은 걸 어떻게 확인하지?

상자 위의 셔터 같은 버튼을 눌렀는데 들어가기만 하고 소리는 안 났다. 망가졌나 보다. 그 옆의 작은 창에 '12'라는 숫자가 떴다. 그 옆에 작게 '남은 장수'라고 적혀 있었다. 아직 쓸 수 있는 건가?

버튼 아래쪽에 작게 홈이 팬 원반이 살짝 도드라졌고 화살표가 있었다. 화살표 쪽으로 돌리라는 건가 보다. 잠깐 망설이다가 돌렸다.

찌익찌익 소리가 나고, 세 번쯤 돌리자 더 돌아가지 않았다. 이제 어떻게 해? 셔터 같은 걸 눌러?

아까 눌렀던 버튼에 다시 손가락을 대고 주위를 둘러보

앗다. 먼지 가득한 창고 속에는 찍고 싶은 것도 없었고, 역시 마음대로 쓰면 안 될 것 같았다. 데이터를 지우는 방법도 모르고.

그나저나 왜 쓰던 카메라를 이런 데 넣어놨을까?

십 년 전부터 쓰지 않는 바비큐용 석쇠와 반합.

장난감 같아 보여도 카메라인데 이런 뜬금없는 데 넣고 내 버려두다니 이상하다.

십 년 전.

짐을 제대로 정리할 기운도 없을 만큼 충격적인 사건이 벌어진 날.

"그럼 네 시에 배달할게."

이모부의 목소리가 들렸다. 주차장에서 손님의 차를 배웅했다. 이쪽으로 온다.

나도 모르게 카메라를 바지 주머니에 쑤셔 넣고, 바닥에 남은 금속 접시와 컵을 상자에 던져 넣은 다음 뚜껑을 닫았다.

이쪽으로 올 줄 알았는데 이모부가 오지 않았다. 왜지?

주머니에 넣은 카메라의 모서리가 다리에 닿아서 고쳐 넣으려고 했는데, 갑자기 목덜미가 차가워졌다.

"으악."

돌아보자 이모부가 페트병을 손에 들고 히죽 웃고 있었다.

"뭐야, 놀랐잖아."

투덜거리며 주머니를 확인했다. 카메라는 잘 들어 있었다. 삐져나오지 않았다.

"미안. 더울 것 같아서. 콜라 마실래?"

당연히 마셔야지. 나는 손을 내밀어 페트병을 받았다. 후덥지근한 창고에서 그래도 견딜 만하게 더운 밖으로 나와 이모부에게 물었다.

"아까 손님이었어?"

"응. 드럼식 세탁기를 샀어."

"그런데 말투가 이상했잖아?"

배달할게, 라니, 일반적인 손님에게는 그렇게 말하지 않는다.

"들렸냐? 중학교 후배니까 그래도 돼."

"중학교? 되게 옛날이잖아."

"되게 옛날? 그렇게까지는… 아무튼 괜찮아. 선후배 관계는 평생 이어지니까."

흐음, 고개를 끄덕이며 페트병 뚜껑을 땄는데 보글보글 콜라가 넘쳤다.

"으아아."

허둥거리는 나를 보고 이모부가 웃었다.

"뭐야, 일부러 흔들었어?"

탄산이 든 병을 마구 흔든 다음 건네서 상대가 뚜껑을 딴 순간 보글보글 넘치는 걸 보며 좋아하는 장난. 설마 이모부가 이런 장난을 치다니.

"애들이나 하는 짓을 하겠냐. 우연이야. 물 가지고 올 테니까 기다려라."

가게 옆 수돗가에서 호스를 끌어와 물을 틀었다. 세차게 흐르는 물로 끈적끈적한 콜라를 씻으려고 했는데 물이 뜨거웠다.

"앗, 뜨거워."

반사적으로 손을 뺐다.

"아, 미안. 너무 더워서 물도 뜨거워졌나 보네."

전혀 미안해하지 않는 말투 같은데?

이모부가 잠깐 창고 주변의 콘크리트에 물을 뿌려 뜨거운 물을 빼고 어이, 하고 말했다. 조심스럽게 손을 내밀자 이번에는 오싹하게 차가운 물이 닿았다.

손과 병 주변에 묻은 콜라를 씻고 수도꼭지를 잠갔다. 호스를 돌려놓는 이모부의 폴로셔츠 가슴 주머니에서 담뱃갑이 보였다.

"담배 끊은 거 아니었어?"

이모부는 담배를 굉장히 좋아했는데, 유리코 이모가 몸에 나쁘다고 열심히 설득해서 끊게 했다.

"물론이지. 끊었어. 반년 전에."

"그럼 그건?"

가슴 주머니를 가리켰다.

"아, 이거. 아까 후배 녀석이 금연이란 바로 피울 수 있는 상황에서도 피우지 않아야 진짜라느니 뭐니 하는 거야. 후배 녀석한테 담배를 피우게 한 게 나니까, 나 혼자 금연하는 건 치사하다나 뭐라나."

"피우게 했다니, 언제 얘긴데?"

어른이니까 담배를 피우거나 끊는 건 자유잖아.

"음? 그 녀석이 두 살 어리니까 내가 중3이고 그 녀석이 중1 때인가."

"중학교? 안 되잖아. 중학생이 담배?"

"그럼. 당연히 안 되지. 너는 피우면 안 된다. 일단 피우기 시작하면 끊기 힘들어."

그런 문제가 아닌 것 같은데?

"무슨 중학교가 그래."

내가 중얼거리자 이모부가 히죽 웃었다.

"뭐, 내가 다닐 때는 거칠었다고 해봤자 절정기를 지난

뒤였으니까 학교 뒤에서 담배를 피우는 정도였어. 가끔 유리창을 깨트리기도 했지만 단순한 사고였지. 경찰차도 한 번밖에 안 왔고."

이래 봬도 예전에는 좀 놀았다는 자랑인가? 그래도 이모부는 부풀리는 게 아니라 정말 그랬을 것 같다. 그나저나 경찰차라니 너무 심한데.

"경찰차는 왜 왔어? 이모부가 뭐 나쁜 짓 했어?"

"내가 아니야. 스위치가 살짝 눌려서 선생들이 억누르지 못할 정도로 날뛰는 녀석이 있었거든."

중학교 때라면 아빠는?

그럴 때 아빠는 뭘 했을까?

"…어이, 겁먹지 마. 옛날 일이니까. 지금 6중은 탈바꿈했나 싶을 정도로 착실한 학교라고 하니까 안심해."

지금 6중은 상관없다. 아빠가 어땠는지 듣고 싶다. 괜히 돌려서 묻는 것보다 이럴 때는 대놓고 묻는 게 좋다.

"그럼 우리 아빠는? 아빠도 담배를 피웠어? 그 날뛴 사람이 혹시 우리 아빠였어?"

진짜로 그러면 싫겠지만.

아니야, 아니야, 다른 녀석이야. 이모부가 그렇게 웃으며 대답할 줄 알았는데, 갑자기 표정이 싹 바뀌더니 목소리도 거칠어졌다.

"그럴 리가 있겠냐!"

"농담이잖아."

농담이라기보다는 그냥 분위기를 타서 한 말이었다. 그래도 화낼 일인가.

"부모를 무시하지 마. 히로미는, 네 아빠는 열 받을 정도로 성실했고, 동시에 말도 잘 통해서 내 친구로 두기에는 아까울 만큼 좋은 녀석이었어. 그런데 그런 식으로 말하다니."

달칵.

내 안의 스위치가 눌렸다.

"아빠가 어떤 녀석이었는지 모르니까 어쩔 수 없잖아. 바다에 빠져서 죽었다는 것밖에 몰라. 그것도 어디 바다인지도 모르고 어떤 식이었는지도 몰라. 아빠는 수영을 못 했어? 장난을 치다가 그랬어? 왜 그랬는데?"

"히로키!"

처음 듣는 이모부의 호통. 동시에 이모부가 오른손을 들어 올리는 게 보였다.

맞는다. 곧바로 눈을 감았는데, 아무리 기다려도 어디에도 충격이 오지 않았다.

눈을 뜨자, 이모부가 내게서 등을 돌렸다.

왜?

맞는 게 차라리 나았다. 이렇게 이야기를 끝내는 것보다.

회색빛 콘크리트 위로 후드득 물방울이 떨어졌다. 어떡해. 나, 울어.

"무슨 일이니?"

유리코 이모가 심상치 않은 분위기를 느끼고 다가왔다.

"아무것도 아니야…. 나 집에 갈래."

나는 손으로 얼굴을 훔치고, 들키지 않으려고 고개를 돌린 채 이모에게서 멀어져 자전거에 올라탔다.

있는 힘껏 페달을 밟았다. 조금이라도 빨리 이모부의 가게에서 멀어지려고.

대체 뭐야.

치솟는 분노가 자전거를 폭주하게 했다.

왜 화를 내? 나는 그저 중학생 시절의 아빠 이야기를 듣고 싶었을 뿐인데. 이모부가 먼저 즐겁게 이야기했으면서 왜 이렇게 된 거야.

내가 묻는 방식이 나빴어? 나 때문이야? 전부 내가 나빠?

갑자기 빵빵 하고 귀청을 찢는 소리가 났다. 블록담에 둘러싸인 교차로 중앙. 왼쪽에서 차가 왔다. 몸이 움직이지 않았다.

치인다.

시야를 전부 채울 정도로 차가 커다래지더니 아슬아슬한 위치에서 멈췄다. 범퍼가 내 다리에 거의 닿았다. 핏기가 싹 가셨다.

"이 녀석이, 불쑥 튀어나오면 어떡해!"

운전석 창으로 할아버지가 고개를 내밀고 외쳤다. 나는 목이 꽉 막혀서 아무 말도 못 했다.

빨리 가, 방해되잖아! 할아버지가 또 한 번 화를 냈다. 로봇처럼 삐걱삐걱 자전거를 끌고 뒤로 물러나자, 주먹으로 후려쳤는지 빠앙빵 클랙슨을 울리고는 차가 휙 가버렸다.

차가 사라진 후에도 심장이 쿵쿵 뛰었다. 손발에 힘이 들어가지 않았다. 심호흡을 반복해도 진정되지 않았다.

"불쑥 나온 건 자기면서."

중얼거리며 자전거에 올라탔다. 이번에는 좌우를 확인하며 천천히 페달을 밟았다.

침낭을 떠올린 건 집에 도착한 후였다. 침낭 대신에 내가 가지고 온 것은 일회용 카메라였다.

"이거 어쩌지?"

이모부에게는 돌려주지 않을 거야. 그런 곳에 뒀으니 어차피 잊어버렸을 거다.

십 년 전, 아빠는 죽었다. 이모부네랑 같이 바비큐를 구워 먹으러 가서.

바비큐 물품과 함께 있던 이 카메라는 분명 아빠가 죽은 날 썼을 것이다.

안이 보고 싶어. 혹시 아빠가 찍혔을지도 몰라. 사진 찍히는 걸 싫어했어도 학교 행사 때 찍히는 사진처럼 모르는 사이에 찍혔을 수도 있었다.

아빠가 죽은 곳이 어디인지 알고 싶었다. 내가 알고 싶은 걸 이 카메라가 알려줄지도 몰라.

딩동, 초인종이 울렸다. 해가 저물었다. 이제 곧 일곱 시다. 엄마가 올 거다. 카메라를 책가방에 감추고 현관으로 나갔다. 누구지? 문을 열자 이모부가 서 있었다.

"…아까는 미안했다. 큰 소리를 내서 미안해. 이거 깜박했지?"

이모부가 초록색 침낭을 내밀었다. 받아 들었지만 고맙다는 말이 바로 나오지 않았다. 어색한 침묵이 흐른 후에야 간신히 목소리를 짜냈다.

"고맙습니다."

얼른 문을 닫고 싶은데 이모부가 꼼짝하지 않았다. 침낭을 사이에 두고 이모부와 내가 우뚝 서 있는데, 계단을 올라오는 소리가 들리더니 엄마가 왔다.

"어머, 어쩐 일이야? 전해주러 온 거야?"

엄마가 침낭을 보고 물었다.

"어, 응. 자전거 바구니에 들어가지 않아서 배달하는 김에. 오늘은 일찍 퇴근했네."

그제야 이모부가 문에서 비켜 엄마를 지나가게 했다.

"적당한 시간에 다 팔려서 조금 일찍 문을 닫았어. 일부러 가져다주고 고마워. 차라도 마시고 갈래?"

"아니야, 또 들를 곳이 있거든. 간다."

이모부를 배웅하고, 엄마가 문을 잠근 뒤 나를 바라보았다.

"저녁에 카레 괜찮니? 어? 밥!"

이런, 밥을 안 해놨다.

"깜박했어."

"웬일이니? 그래도 마침 잘됐다. 냉동해둔 밥이 많으니까 먹자. 이렇게 더우면 머리도 멍해지지. 더울 때는 카레가 최고야."

엄마는 점점 혼잣말처럼 말하더니 곧 카레를 만들기 시

작했다. 나는 방에 들어가 카메라를 넣어둔 가방 앞에서 한 숨을 쉬었다.

4

예상을 벗어난 남자

월요일, 아라타가 학교를 쉬었다.

선생님이 집안 사정이라고 했으니까 감기나 병은 아니다.

지금까지 학교를 쉰 적이 없는데 왜 하필 오늘 쉬는 거야.

나는 쳇, 혀를 찼다. 아라타라면 사진관에 부탁하지 않고 그 카메라에 담긴 사진을 보는 방법을 알지도 모른다고 생각했는데.

카메라는 책가방 바닥에 들어 있다. 집에 두기 걱정돼서 학교에 가지고 왔는데, 학교에 도착하고 나서야 선생님한테 들키면 더 위험하다는 걸 깨달았다.

빨리 집에 가서 카메라를 어떻게든 해야 해.

월요일은 5교시까지만 하는데 시간이 느릿느릿 흘렀다. 드디어 수업이 끝나고, 집에 돌아오자마자 가방에서 교과서를 꺼냈다. 카메라는 넣었던 그대로 잘 있었다.

자칫 잘못하면 폭발할 물건을 다루는 것처럼 숨까지 참으며 카메라를 꺼냈다.

멋대로 가지고 와버린 카메라. 어쩌지? 사진관에 가야 하나.

내가 아는 사진관은 역 앞 상점가 구석에 있는 기쿠치 사진관이다. 그런데 여기는 엄마 가게의 대각선 건너편이다. 거기에 가져가는 건 역시 안 되겠지. 엄마한테 들킬 수도 있으니까. 내가 사진관에 가는 건 아무리 생각해도 이상해.

무릎 위에 카메라를 놓고 고민에 빠졌다. 그런데 아직 다섯 시도 되지 않았는데 날이 어두워졌다.

고개를 들고 밖을 내다봤는데, 불길한 구름이 몰려왔다. 위험하려나 생각할 겨를도 없이 후드득 비가 내리기 시작했다. 허둥지둥 베란다의 빨래를 걷어 들였다. 빨래집게와 옷걸이를 따로 나눌 시간이 없었다. 서둘러!

기록적인 속도로 빨래를 걷었다. 제일 바깥쪽에 널어둔 목욕수건이 살짝 젖었지만, 오늘 밤에 쓰면 되니까 문제없었다.

무사한 빨래를 얼른 개켜야 한다고 생각하면서 나는 베란다로 세차게 쏟아지는 비를 구경했다. 하늘에서 떨어진 물방울이 베란다 콘크리트에 닿아 작은 물보라가 되어 사방으로 튀었다. 그게 여기저기에서 눈이 핑핑 돌 정도로 계속 반복되었다. 슬라이딩형 창틀에 손을 올리고 멍하니 서 있었다.

얼마나 그러고 있었는지 모르겠다.

밥을 해야 한다는 생각이 퍼뜩 들었다.

창문을 닫고, 물보라에 젖은 다리를 축축한 목욕수건으로 닦고서 부엌으로 갔다. 평소처럼 쌀 한 컵을 푸다가 아차, 하고 중얼거렸다.

오늘은 밥을 안 해도 되지.

하지만 이렇게 비가 온다. 아무리 세이류켄이 가까워도 흠뻑 젖을 게 뻔했다. 안 가는 게 나을 것이다. 나와 엄마만의 약속이라면 취소하겠지? 하지만 오늘은 시민센터 할아버지도 있었다. 엄마가 먼저 예정을 변경하자고 말하기 어렵다. 상대는 손님이니까. 어떤 사람인지 모르지만, 시민센터의 센터장이랬으니까 할아버지겠지. 밖에 폭우가 쏟아지는 줄도 모르고 의자에 떡하니 앉아 있을지도 몰라. 어딜 가든 차로 다녀서 빗속을 걷는 게 얼마나 힘든지 모를 수도 있지. 우리 집에 차가 없는 줄도 모를 테고.

펐던 쌀을 다시 쏟고, 쌀더미에 컵을 꾹꾹 파묻은 후 쌀통 뚜껑을 닫았다.

꾸깃꾸깃한 빨래 아래로 카메라가 보였다.

나는 숨을 길게 내쉬고 카메라를 주워 들었다. 묘하게 즐거워 보이는 '우쓰룬데스'라는 글자가 원망스러웠다. 침낭 안에 깊숙이 쑤셔 넣고 주머니 끈을 조였다. 여기 넣어두는 게 제일 안전했다. 이모부한테 빌려온 물건을 엄마가 건드 리진 않을 테니까. 사용하고 돌려주기 전에 지저분하지 않 은지는 점검하겠지만.

느릿느릿 빨래를 개어 옷장에 넣는데 전화가 울렸다.

엄마였다. 통화 버튼을 누르자, 엄마가 인사도 없이 말했다.

"엄마는 가게 닫은 후에 센터장님이랑 같이 세이류켄에 갈 거니까 너도 일곱 시쯤 거기로 올래?"

"비가 이렇게 많이 오는데 갈 거야?"

"비? 무슨 소리야?"

"오잖아, 주룩주룩 쏟아지는데… 어라?"

거짓말.

비가 뚝 그쳤다.

그래도 지금까지 내린 비가 꿈이 아니라는 증거로 베란 다에 물웅덩이가 생겼고 빨랫줄에서 물방울이 떨어졌다.

"…그쳤어."

"그쪽만 게릴라성 호우였나? 그래도 그쳐서 다행이다. 그럼 이따 봐."

엄마는 하고 싶은 말만 하고 전화를 끊었다. 뚜뚜뚜, 시끄럽게 우는 전화기를 내려놓아 입을 다물게 했다.

　도대체 이게 뭐야?

　화가 난 이유가 게릴라성 호우 때문인지 엄마의 전화 때문인지 구분되지 않아 넣다 만 양말을 걷어찼다.

　사방에서 축축한 흙냄새가 났다. 비가 내린 덕분에 무더위가 가셔 바람이 상쾌했다.

　세이류켄이라는 이름이 적힌 하얀 막 앞에 서서 귀를 기울였다. 엄마가 왔을까?

　귀를 기울여봤자 가게 밖까지는 목소리가 들리지 않았다. 아주 큰 소리로 떠들지 않는 한. 엄마는 나를 야단칠 때 말고는 큰 소리를 내지 않는다. 게다가 오늘은 손님이랑 같이 있으니까.

　벌써 일곱 시는 지났다. 엄마는 시간에 예민하니까 이미 가게 안에 있을 것이다. 꾸물거리고 있을 이유가 없었다.

　나는 올록볼록 무늬가 들어간 유리 미닫이문을 열었다.

　"어서 오세요. 아, 엄마 오셨어."

　가게 아줌마가 나를 보자마자 말했다.

　그렇게 자주 온 것도 아닌데 이 아줌마는 어떻게 나랑 엄마가 가족인 줄 알았지?

이해가 안 됐지만, 고개를 살짝 숙이고 안으로 들어갔다. 나를 본 엄마가 어깨 부근까지 손을 들었고, 맞은편에 앉은 사람이 그걸 알아차리고 돌아보았다.

응?

나도 모르게 멈춰 섰다.

좀 이상한데?

센터장이라고 했잖아. 그런 건 당연히 할아버지가 하는 거 아니야?

어색하게 미소를 지으며 내게 인사하는 남자는 할아버지가 아니었다.

아저씨, 그것도 다카토시 이모부보다 훨씬 젊어서 대학생 정도로 보였다.

게다가 엄마도 이상했다. 입술이 빨갰다. 물론 새빨간 물감 같은 색은 아니었다. 원래 립스틱을 바르는 건 알았지만, 평소에 일을 마치고 돌아오면 화장이 다 지워져 있었는데 지금은 왜 저래?

머리카락을 염색한 것도 혹시 이래서?

좁은 가게 입구에 우뚝 서 있으면 안 된다는 생각에 성큼성큼 걸어가 엄마 옆에 앉았다. 네 명이 앉는 테이블에 두 사람이 나란히 앉았으니까 거기에 앉을 수밖에 없었다.

"처음 뵙겠습니다. 와타히키라고 합니다."

외모와 어울리지 않게 목소리가 낮았다. 차분한 목소리는 또 센터장처럼 들렸다. 그러니까 오히려 안 어울려 보였다.

"시민센터의 센터장?"

"히로키, 얘가. 인사가 먼저지."

"…안녕하세요."

나도 처음 뵙겠습니다, 라고 해야 하나. 에이, 뭐 어때.

"안녕, 히로키? 어떤 한자를 쓰니?"

불쾌한 티를 내는 나를 무시하고 남자가 친근하게 물었다. 나는 대놓고 무뚝뚝하게 굴었는데 되게 둔한 사람인가 보았다.

"클 대(大)랑 희망이라고 할 때의 희(希)."

내 이름을 한자로 쓰면 사람들은 보통 '다이키'라고 읽었다. 일일이 설명하기 귀찮아서 '大'도 '希'도 쓸 줄 알지만, 그냥 히로키라고 한자 없이 썼다. 그렇다고 내 이름의 한자가 싫은 건 아니었다. 단순히 다르게 읽는 게 싫을 뿐이었다.

"그래? 좋은 이름이구나."

눈가에 주름이 잡혔다. 보기보다 나이를 먹었을지도 모르겠다. 그렇다고 꽁한 마음이 사라질 리 없지.

"누가 지어주셨니?"

눈만 굴려 엄마를 보았다. 엄마는 잔을 들어 우아하게 입으로 가져갔다. 나한테 물은 거니까 직접 대답하라는 뜻이겠지.

내 이름은 아빠가 지어주었다.

누가 이름을 칭찬해주면 나는 매번 아빠가 지어주었다고 자랑했다.

하지만 오늘은 그러기 싫었다. 날 그냥 좀 내버려두면 좋겠다.

질문을 무시했는데도 이 사람은 전혀 굴하지 않고 계속 말했다.

"정확히 말하면 나는 센터장의 대리야. 진짜 센터장님은 몸이 안 좋으셔서. 그래도 다음 주쯤에는 회복하신다고 하니까 여기에서 일하는 건 7월까지야."

뭐야, 대리였네. 대단한 사람도 아니잖아.

"젊은 사람이 사라지니까 쓸쓸하다고 어르신들이 말씀하시던데요."

나를 옆에 두고 신나게 대화를 나눈다. 내가 여기 있을 필요가 있어?

"센터장님도 아직 오십 대니까 젊으세요. 그래도 이제 막 회복하셨으니까 무리하시면 안 되겠죠."

가게 아줌마가 라면을 가지고 왔다. 스태미나 라면 세 그릇.

"자, 오래 기다리셨습니다."

대각선 앞에 앉은 센터장 대리가 "오오!" 하고 감탄했다. 기대에 찬 눈으로 그릇을 바라보았다.

돼지 삼겹살과 간, 부추, 숙주, 양배추, 당근, 양파를 볶아 만든 걸쭉한 녹말 양념장이 듬뿍 올라간 스태미나 라면은 양이 많다. 나 혼자 한 그릇을 먹을 수 있게 된 건 최근이다. 그 전까지는 군만두와 스태미나 라면을 하나씩 주문해서 엄마랑 나눠 먹었다. 엄마가 앞접시를 부탁하면 아줌마는 곰 그림이 그려진 플라스틱 그릇을 줬는데, 그게 너무 싫었다. 6학년인데 아기들이나 쓸 식기로 먹는 게 부끄러웠다. 그래서 배가 너무 불러 괴롭지만 한 그릇을 다 먹으려고 노력했다.

이거 죄송합니다, 라며 센터장 대리가 엄마에게서 젓가락을 받았다. 바로 옆에 있으니까 젓가락쯤은 직접 가져가, 대리남!

"양념장이 뜨거우니까 조심해서 먹어요."

엄마가 말했다. 어른이니까 그런 건 말 안 해도 알 거 아냐.

왜 하나하나 다 기분이 나쁠까. 다카토시 이모부나 유리코 이모랑 밥을 먹을 때와 전혀 달랐다.

나는 팔을 쭉 뻗어 젓가락을 집었다.

"안 그래도 집어주려고 했는데."

엄마가 조용히 말했지만 대꾸하지 않고 먹기 시작했다. 후후 불면 어린애 같으니까 곧바로 입에 넣었다.

!!!

나오려는 비명을 간신히 참았다.

뜨거워! 물, 물, 물.

하지만 허둥지둥 물을 마시면 엄마가 "거봐, 말했잖아" 라고 할 거다. 나한테는 조심하라고 말하지 않았으면서.

"녹말은 하여간 방심할 게 못 되죠."

그렇게 말한 대리남이 면을 건진 젓가락을 멈추고 피어오르는 김을 바라보았다.

나 들으라고 하는 소리야? 덥석 먹었다가 심한 꼴을 당한 바보를 비웃는 거냐고? 잘 식혀서 먹으라고 충고하십니까?

차분한 태도가 열 받았다.

하나도 안 뜨거워, 괜찮아.

입천장이 홀라당 벗겨질 것 같은데 무시하고 마구 먹었다. 이마에 땀이, 눈에 눈물이 맺혔다. 그릇에 고개를 박고, 대각선 앞에 앉은 놈을 절대 보지 않았다.

엄마는 대화를 나누며 느긋하게 먹었다. 상점가의 가게

가 문을 닫지 않으려면 어떻게 해야 하는가, 또 여름 축제 계획 같은 이야기.

"여름 축제는 8월이니까 저는 이미 없겠네요…."

아쉽다는 듯이 말하지 마. 놀러 오시면 되잖아요, 같은 소리라도 듣고 싶어?

"이 부근에서는 제일 규모가 크다고 해요. 야시장에 노점이 줄어들어서 예전처럼 북적거리지는 않지만요."

꼭 오라는 소리를 하면 어떡하나 조마조마했는데, 엄마는 그런 말까지는 하지 않았다. 예전처럼 북적거리지 않는다고 했지만, 솔직히 작년 축제는 되게 별로였다. 그러니까 그렇겠지.

"식중독을 염려해서 음식을 포기하는 가게도 많으니까요. 그래도 야시장에서 간식을 먹는 즐거움이 사라지면 아이들이 아쉬울 거예요. 히로키도 축제라면 역시 야시장이라고 생각하지 않니?"

왜 갑자기 나한테 물어.

나는 살짝 고개를 들었다. 입에 라면이 잔뜩 들어서 말 못한다고 어필하려고 일부러 볼을 부풀렸다.

대리남은 여전히 생글생글 웃고 있었다. 한편 엄마는 미간을 잔뜩 찌푸렸다.

"얘가. 그렇게 잔뜩 넣고 먹지 마. 자."

엄마가 테이블에 놓인 휴지를 한 장 빼서 내게 내밀었다. 뭐야, 여기에 뱉으라고? 아깝잖아. 알아서 먹을 거야.

필요 없다고 내저은 손이 엄마의 손과 부딪쳤다.

나도 모르게 "미안"이라고 말하려다가 입에 든 음식을 흘릴 뻔했다. 이런. 필요 없었던 휴지를 빼앗아 입을 막았다.

"정말 예의 없네."

지금 건 엄마 때문이기도 하잖아.

반박하면 또 실수할 것 같아서 아예 무시하기로 했다.

대리남은 아무 말이 없었다. 애라고 생각하겠지. 그야 초등학생이니까. 매일 양복을 입고 일하는 아저씨랑은 다르다고.

아무 생각 없이 빳빳한 하얀 셔츠의 가슴을 봤는데, 이상한 게 보였다. 갈색 민달팽이 같은 거.

"아."

나도 모르게 소리가 나왔다.

내 목소리에 반응해 대리남이 자기 셔츠를 보았다.

"응? 아… 이런!"

보기 좋게 얼룩이 생겼다. 국물이 튀었나 보다.

"비비면 안 돼요. 얼룩이 더 퍼지는데. 아이고."

엄마가 얼른 물수건을 들며 대리남에게 말했으나 늦었다. 얼룩이 민달팽이 세 마리, 아니 다섯 마리 정도로 커졌다. 내 옷이 아니니까 상관없지만.

"집에 가면 설거지 세제를 써서 손빨래하세요. 그런 다음에 세탁기에 넣고 빨아요."

"그냥 세탁소에 맡기면 안 되나요?"

"…설거지 세제 정도는 있죠? 집에 가자마자 바로 하는 게 좋아요. 별로 힘든 일도 아닌걸."

엄마의 태도가 허물없어졌다. 그게 고소하면서도 왠지 마음에 걸렸다.

문득 내 셔츠를 보니 이쪽에도 10엔짜리 동전 크기의 얼룩이 생겼다.

집에 가서 손빨래해야겠다.

라면을 다 먹고 자연스러운 잡담을 나눈 뒤, 대리남이 "그럼 슬슬…" 하고 말했다.

슬슬이 뭔데, 똑바로 말해.

엄마가 앉아 있는 나를 찔렀다. 내가 앉아 있으면 엄마가 나가지 못하니까 일어나라는 뜻이었다. 떨떠름하게 일어나자 엄마가 계산서를 들고 나를 거의 떠밀며 계산대로 갔다.

엄마가 계산을 마치자 대리남이 "잘 먹었습니다" 하고 인사했다. 이해할 수 없는 일을 당한 사람처럼 뚱한 표정으로 보였는데, 내 기분 탓인가?

에잇, 왠지 이 대리남, 마음에 안 들어!

"센터장이면 대단한 사람이야?"

목욕을 마치고, 선풍기를 독점한 채 보리차를 마시며 엄마에게 물었다. 뭐, 그 사람은 대리지만.

"그야 대표니까 책임 있는 자리이고 일도 힘들겠지."

"별로 똑똑해 보이지 않던데."

애처럼 옷에 국물이나 묻히고. 또 대리잖아. 나보다 조금 더 나이를 먹었을 뿐이야.

"공무원 시험을 치러서 합격하지 않으면 그런 곳에서 일하지 못해."

"흐음. 그럼 나는 더 멋있게 1고에 간 다음, 도쿄대에 들어가서 변호사가 될래."

잠꼬대 같은 소리 그만하고 얼른 이 닦고 자.

그렇게 말할 줄 알았다.

엄마는 갈아입을 옷을 들고 욕실에 가려다가 그대로 굳었다.

유령이라도 본 눈으로 나를 보았다.

"왜?"

"응? 그야… 아라타가 이 동네에서 똑똑한 애는 1고에 간다고 말했고, 그러면 그다음은 도쿄대일 테니까."

또 변호사는 멋있잖아?

그 말까지는 못 했다. 엄마가 빙글 몸을 돌려 욕실로 들어가버렸다.

뭐야?

내가 또 이상한 소리를 했어?

다음 날, 교문 근처에서 아라타의 뒷모습을 본 순간, 솔직히 달려들고 싶을 만큼 기뻤다.

"어제는 무슨 일 있었어?"

기쁜 마음을 들키면 민망하니까 무뚝뚝하게 말을 걸었다.

"학교 견학."

아라타가 미간을 찌푸린 채 나직하게 대답했다. 미간에 주름, 아라타한테 달라붙는 거 아닐까 몰라.

"학교 견학? 월요일에?"

학교 설명회는 토요일이나 일요일에 하지 않나?

"홋카이도여서 돌아오질 못했어."

"홋카이도?"

자연히 목소리가 커졌다. 아라타의 얼굴이 더 일그러졌다.

"아, 미안…. 아니, 그렇게 멀리 가려고? 진짜?"

"몰라."

퉁명스러운 대답에 화가 났다. 모르다니, 자기 일이잖아?

멈춰 서서 아라타를 노려보았다.

이제 못 참아. 왜 내가 아라타의 얼굴빛을 살펴야 하는데?

두세 걸음 걸어간 아라타가 뒤를 돌아보고 내가 쫓아오기를 기다렸다. 나는 요란하게 발소리를 내며 아라타 옆에 섰다.

이번에는 아라타가 사과했다.

"미안. 나는 홋카이도에 관심 없어. 엄마가 좋아하지."

"흠."

바로 용서하기는 아니꼬웠지만, 화를 참고 대꾸했다.

엄마에게 휘둘리는 아라타도 힘들겠다. 조금 짜증을 부리는 것쯤은 너그럽게 봐줘야지. 나도 지금 부탁할 일이 있으니까.

"저기, 오늘 학교 끝나고 시간 있어? 잠깐이면 되는데. 보여주고 싶은 게 있거든. 집에 두고 왔으니까 일단 집에 갔다 와야 해."

기쿠치 사진관에 가지 않고 카메라의 사진을 보려면 어떻게 해야 하는가. 아라타의 지식을 빌리고 싶었다.

"십 분 정도라면. 우리 집 아파트 로비에서 괜찮아?"

"응. 바로 갈게."

아라타는 학교가 끝나면 바로 학원에 간다. 그 전의 십 분. 귀중한 시간을 나를 위해 써주다니 기뻤다.

십 분 동안 카메라 이야기와 그 대리남 이야기까지 할 수 있을까?

카메라 안의 사진도 당연히 궁금했지만, 그 남자의 얼굴이, 그 남자를 보는 엄마의 시선이 자꾸만 머릿속에 동동 떠다녔다.

오늘 아침에 "그 사람 몇 살이야?" 하고 엄마에게 물었더니, "삼십 대 후반 아닐까?" 하고 무심히 대답했다. 너무 무심하니까 오히려 뭔가 있나 싶을 정도로. 엄마는 그 사람에 관해 더는 말하지 않았고, 나도 말하지 않았다. 내가 집요하게 캐묻는 건 꼴불견이다.

그래도 신경이 쓰이는 건 사실이었다. 아라타는 어떻게 생각할까?

집에 돌아와 침낭에서 카메라를 꺼내 아라타의 집까지

자전거로 날아갔다.

입구 유리문이 열리기도 전에 아라타가 나왔다. 내가 오기를 기다린 것 같았다.

"걸으면서 들어도 돼? 버스 시간이 아슬아슬해."

내가 대답하기도 전에 아라타가 바쁘게 걸었다. 급하게 자전거 방향을 바꾸고, 밀면서 아라타를 쫓아갔다. 여기에서 버스 정류장까지는 걸어서 오 분 정도인가. 왼손으로 핸들을 지탱하며 오른손으로 주머니에서 카메라를 꺼냈다.

"이거 말인데, 뭔지 알아?"

아라타가 손을 뻗어 카메라를 들었다. 마침 교차로가 나왔고 운 좋게 빨간불이었다.

"와… 실물은 처음 봐."

"알아?"

"아빠한테 들은 적 있어. 아빠가 카메라를 좋아해서, 어렸을 때 핀홀카메라를 만든 적이 있다는 얘기를 해주었을 때. 가볍네. 이건 정말 일회용이겠다."

"거기 찍힌 사진이 보고 싶어. 사진관에 맡겨야 한다던데 내가 직접 할 수 없을까?"

"아마 무리일걸. 필요한 도구가 많을 거야."

도구를 이것저것 갖추기 힘드니까 사진관에 맡기는 건가.

"그렇구나…. 하지만 기쿠치 사진관에는 가기 싫은데."

"왜?"

아, 파란불이다. 아라타가 중얼거리며 걸음을 옮겼다.

어떻게 말해야 하나 머뭇거리는데, 아라타는 건널목을 벌써 건너갔다.

"히로키?"

나는 아라타에게 미안하다고 사과하며 뛰었다.

뭘 고민하는 거야. 아라타를 자꾸 귀찮게 하잖아.

깜박이기 시작한 신호에 재촉을 받으며 건너자, 아라타가 카메라에 눈을 대고 나를 보았다.

"그거 그렇게 쓰는 거야?"

"아마. 아빠가 이렇게 했었어."

아라타는 조금 전보다 천천히 걸었다.

"…그거 내 건 아니야. 이모부 건데 몰래 가지고 왔어."

"왜 그렇게까지 사진이 보고 싶은데?"

아라타가 의아하게 여기는 건 당연했다. 솔직히 털어놔야 했다.

"어쩌면 아빠가 찍혔을지도 모른다고 생각해서."

왠지 목소리가 작아졌다. 학교에서 아빠 이야기가 나오면 "아, 우리 아빠는 돌아가셨어"라고 가볍게 말하곤 했는데.

아라타는 카메라를 다시 뒤집어보고 버튼을 손가락으로 문지르며 말했다.

"알았어. 오늘 학원이 시작하기 전에 사진관을 찾아볼게."

또 교차로가 나왔다. 이번에는 파란불이었다. 그러나 건너기 시작하자마자 깜박거렸다.

이런, 하고 뛰어서 건너고, 이왕 뛴 김에 버스 정류장까지 달렸다.

"버스, 안 늦었어?"

나 때문에 버스를 못 타면 최악이다. 아라타가 손목시계를 확인했다.

"괜찮아. 버스는 보통 좀 늦거든."

아라타가 무거워 보이는 가방을 등에서 내려 카메라를 넣었다.

"맞다, 돈. 얼마나 들까?"

"괜찮아, 우선 내가 내줄게. 교통비 충전할 돈을 많이 받았어."

그러냐고 중얼거리며 시각표를 확인했다. 역으로 가는 버스는 이십 분에 한 대다. 버스가 올 때까지 얼마나 남았을까? 이 상황에서 그 대리남 이야기를 어떻게 꺼내면 좋지?

저기, 좀 다른 이야기인데. 이렇게 말해? 달라도 너무 다르잖아?

나의 고민은 무참히 짓밟혔다. 버스가 와버렸다.

버스가 멈추고, 푸슛 소리를 내며 문이 열렸다.

인사하고 버스를 타는 아라타에게 조용히 말했다.

"미안해."

미안. 믿을 수 있는 사람이 너뿐이야.

뒤통수에 대고 한 번 더 사과하고, 나는 집으로 돌아왔다.

대리남 이야기는 못 했지만, 아라타에게 너무 의지하는 건 안 된다.

그 사람은 이번 달이면 어차피 사라지니까 굳이 신경 쓸 필요 없어.

5

평소와 다른 토요일

그루잠은 꿀맛이다. 평생 이불에서 나오기 싫다.

으아, 그래도 좀 덥네. 선풍기 틀까? 앗, 손이 안 닿아. 일어나야 하네. 귀찮은데. 그래도 더워.

누워서 끙끙거리자 엄마가 커튼을 활짝 젖혔다. 눈부셔.

"하여간. 아무리 쉬는 날이라도 언제까지 잘 거야. 그만 일어나. 엄마는 나갈 거야. 집합 시간에 늦지 않게 가야 한다. 밥도 잘 먹고. 잘 다녀와."

엄마는 잔뜩 잔소리를 퍼붓고는 서둘러 나갔다. 평소랑 똑같은 토요일 아침. 그러나 평소와 똑같지 않았다.

오늘은 '학교에서 숙박하자'의 날이었다.

나는 일어나 찬물로 세수하며 정신을 차렸다.

아라타는 오전 중에 학원에 갔다가 사진을 찾아 오후부터 시작할 '학교에서 숙박하자'에 가지고 올 예정이다. 집합은 오후 한 시인데 아라타는 늦을 거라고 했다. 사진 때문이 아니라 원래 학원이 열두 시 넘어서 끝난다.

가방을 메고 침낭은 손에 들었다. 주머니에 꽉꽉 쑤셔 넣었는데도 부피가 꽤 컸다. 끈을 쥐고 무릎으로 주머니를 차며 걸었다.

아라타가 오기 전까지 사사키와 놀았다. 참가자는 5학년이 열다섯 명, 6학년이 스무 명. 5학년보다 6학년이 많은 것도 초등학교 마지막 추억이기 때문일까?

"그런데 '학교에서 숙박하자'라는 이름, 누가 정했을까? 촌스럽지 않냐?"

"맞아. 너무 길어."

사사키와 이노우에의 대화를 담당자인 아줌마가 떨떠름한 표정으로 듣고 있었다.

야, 목소리 커. 다 들리잖아. 말해주려고 다가갔는데 "히로키, 너도 그렇게 생각하지?" 하고 나까지 끌어들였다.

"하지만 더 어울리는 이름이 생각 안 나."

아줌마를 등지고 최대한 멀어졌다. 사사키와 이노우에는 나의 이런 고생을 전혀 몰라준다.

"'숙박 학습' 어때?"

"그건 5학년 때 '소년 자연의 집'에 가는 행사잖아."

"그럼 재난 대비 훈련."

"그건 참가하기도 싫다."

"맞다, 아라타도 온댔지? 너무 늦네?"

사사키가 내게 물었다.

"학원 끝나고 오니까 조금 늦는댔어."

"그렇구나. 나도 재난 훈련이 끝날 때 맞춰서 올걸. 어차피 작년이랑 똑같을 텐데."

그렇겠네, 하고 맞장구를 쳤다. 얼마나 늦는지 미리 물어볼 걸 그랬다고 후회했다.

5학년인 다베가 이쪽을 향해 손을 흔들었다. 다베가 나한테 용건이 있나? 당황해하고 있는데, 이노우에도 다베를 보더니 사사키를 팔꿈치로 찔렀다.

"미안. 잠깐 다녀올게."

다베가 찾는 사람은 내가 아니었나 보다. 그러고 보니 이노우에랑 다베는 축구를 같이 하지. 내가 알았다고 하자 둘은 다베한테 갔다.

체육관 여기저기에 네다섯 명씩 그룹이 생겼다. 사사키와 이노우에가 가버려서 나만 혼자였다.

좀 어색하네.

아라타가 빨리 오면 좋겠다. 사진 같은 거 부탁하지 말걸. 그래도 이미 부탁했으니까 사진이 나왔으면 얼른 보고 싫었다.

모이라는 소리가 들리고 재난 훈련에 관한 설명이 시작되자 혼자여도 민망하지 않았지만, 아라타와 사진이 신경 쓰여서 소방단 사람의 말이 귀에 들어오지 않았다.

사진을 가지고 와도 다른 애들도 있고 아줌마들도 지켜보니까 보지 못할 수도 있었다. 내일 집에 갈 때까지 꾹 참아야 하면 어쩌지. 화장실에서 볼까? 화장실이면 큰일을 보는 곳에 들어가야 한다. 시간이 오래 걸리면 사사키나 애들이 설사라느니 뭐라느니 시끄럽게 놀릴 거다.

머리를 굴리는데 박수 소리가 들렸다. 앞에 선 소방단 사람들이 인사했다. 설명이 끝났나 보다.

"역시 작년이랑 똑같네."

사사키가 속삭여서 웃으며 고개를 끄덕였다. 똑같았는지 아닌지 모르겠다.

네 시가 다 되어서야 드디어 아라타가 왔다. 마침 '서바이벌 밥 짓기' 설명이 끝나고 빈 깡통으로 밥 지을 준비를 시작한 참이었다.

접수 담당 아줌마가 왜 이렇게 늦었는지 물었다. 신청서에는 두 시쯤 도착한다고 썼나 보다.

"전철이 사고로 멈췄어요."

아라타가 시원시원 대답하자 "흠, 그럼 어쩔 수 없네"라며 아줌마가 마지못해 고개를 끄덕였다.

"진짜로 전철이 멈췄어?"

아줌마에게서 멀어진 뒤, 아라타에게 조용히 물어보았다.

"아니. 그래도 종종 멈추니까."

아라타가 히죽 웃으며 대답했다.

웃음을 꾹 참고, 진지한 표정을 한 채 다시 밥을 지었다.

내가 대충 설명해주자, 아라타가 알겠다며 솜씨 좋게 빈 깡통에 구멍을 뚫었다. 아무렇게나 한 나보다 훨씬 더 잘했다.

서바이벌 밥 짓기에는 빈 깡통이 두 개 필요하다. 하나는 화로 대신으로 쓰고 다른 하나에 쌀과 물을 담았다. 자잘하게 자른 우유갑을 화로용 캔에 넣고 태워서 밥을 지었다. 모락모락 연기가 나와서 옷에 매캐한 냄새가 배었다.

"서바이벌이라지만, 이렇게 타이밍 좋게 알루미늄 캔이 두 개나 있진 않겠지."

작년에도 품은 의문을 아라타에게 말했다. 아줌마들에게 들리지 않게 조심해서. 아줌마들은 다치지 않게 조심하라는 등 쓰레기를 함부로 버리지 말라는 등 시끄럽게 경고하고 다니니까 조금 크게 말해도 들리지 않을 것이다.

"캔 따개랑 커터칼도 필요하고 우유갑이 연료잖아…. 우리 집은 우유 안 마시니까 못 해."

아라타가 동의해줘서 기뻤다.

"서바이벌 못 하네."

"그러게. 그래도 누가 구해주겠지. 생존 수영 때 배웠잖아? 물에 떠서 침착하게 구조를 기다리는 게 좋다고."

아라타는 늘 냉정했다.

야, 사진 가지고 왔어? 뭐가 찍혔는지 봤어?

묻고 싶은 마음을 꾹 참고, 냉정하지 못한 나는 안달복달 타들어가는 마음으로 우유갑을 태웠다.

갓 지은 밥에 아줌마들이 준비한 즉석 카레를 얹어 먹은 후, 체육관에서 기차놀이나 수건돌리기 같은 활동을 했다.

"수건돌리기가 뭐야, 유치하게."

투덜대던 사사키는 이노우에에게 걸리자 복수심에 불탔고, 운동신경이 없어 보이던 5학년 애가 생각보다 달리기가 빨라서 꽤 재미있었다. 별것도 아닌데 재미있어서 웃음이 나오는 건 밤에도 체육관에서 논다는 평소와 다른 상황 때문이었다.

활동 후에는 수분 보충을 위해 주스를 마셨고, 다 마신

후 이를 닦고 잘 준비를 했다. 소등 시간은 열 시. 앞으로 사십 분 남았다.

아라타를 찾아보니 이노우에와 한 팀이 되어 텐트처럼 보이는 물건을 나르고 있었다. 말을 걸 수 없겠다.

멍하니 있었더니 아줌마가 도와주라는 뜻이 담긴 시선을 쏘아 보내서 나도 작업을 거들었다.

데굴데굴 말린 매트를 굴려 바닥에 깔고 텐트를 쳤다. 텐트라지만 천장이 없어서 그냥 칸막이 같았다. 이를 닦고 온 애들이 하나둘 거들어서 체육관이 금세 텐트로 꽉 찼다. 작년에도 했던 일이지만, 평소와 다른 광경이라 두근거렸다.

애들이 벽에 모여 있었다. 텐트 그룹을 적은 표가 붙었나 보다.

아라타랑 같은 텐트면 좋겠다. 초조한 마음을 참으며 애들이 사라지기를 기다렸다.

간신히 표 앞에 서서 내 이름을 찾았다. 나와 아라타의 이름.

"에이."

한숨이 나왔다. 아라타와 다른 텐트였다.

여자애들이, 다섯 명이 같은 텐트에서 자면 안 되냐고 아줌마에게 물었다. 둘과 셋으로 나뉜 게 불만인 모양이었다.

교실에서는 얌전한 아베와 엔도인데 텐트 크기 때문에 네 명이 한계라고 설명하는 아줌마를 적극적으로 설득하려고 들어서 의외였다. 나도 아라타랑 같은 텐트면 좋았을걸.

아라타가 어느새 내 곁에 와 있었다.

"밤에 빠져나가자."

"어?"

아라타가 체육관 벽의 아래쪽 창문을 슬쩍 가리키며 눈짓을 보냈다.

체육관 창문에는 쇠창살이 있었는데, 딱 한 군데 나사가 빠져서 쇠창살이 달랑거리는 곳이 있다.

"아직 안 고쳤어?"

"응. 오면서 살펴봤어."

지난주에 청소할 때 아라타와 함께 발견했다. 체육관 밖에는 모기나 벌 같은 벌레가 많아서 다들 안쪽까지 접근하지 않았다. 나와 아라타는 팔랑팔랑 나는 까만 잠자리를 쫓아가다가 우연히 발견했다. 선생님에게 말씀드렸더니, 임시로 쇠창살이 쓰러지지 않게 블록으로 받쳐서 끼워진 것처럼 보이게 만들었다.

"화장실 가는 척하며 텐트에서 나와."

알겠다고 고개를 끄덕였다.

사진 현상했어? 돈 얼마나 들었어? 궁금한 게 많았지만 꾹 참고, 아라타와 헤어져 아무 일도 없는 척 텐트에 들어갔다. 같이 텐트를 쓰는 애는 5학년인 다베와 나카이. 5학년에는 게임을 좋아하는 애들이 많은데, 이 둘도 언제나 게임기를 들고 어슬렁거렸다. 다베는 축구 연습을 하러 올 때도 가지고 온다고 들었다. 오늘 참가한 게 신기했다.

"소등 시간이니까 불 끄겠습니다."

어린이 모임의 회장인 아저씨의 방송과 함께 뚝 소리가 나더니 불이 꺼졌다. 갑자기 어두워져서 다들 놀라 "으악!" 하고 비명을 질렀다.

한동안 잠잠했으나 곧 속삭이는 소리가 들리더니, 소곤소곤이 금세 왁자지껄해졌다.

"소등 시간이라고 했지? 얼른 자라."

아줌마가 야단쳤다. 애들이 떠드는 소리보다 아줌마 소리가 더 컸다. 잠깐 고요해졌으나 잠시 후 꼼지락꼼지락 움직이는 소리가 들렸다.

그나저나 언제 빠져나가면 되지?

아직 아줌마들이 눈을 번뜩이며 깨어 있을 것이다. 쇠창살이 망가진 걸 들키면 안 된다. 조금 더 있어야겠지.

어쩔 수 없이 침낭에 누웠다. 손에 닿는 느낌이 먼지가 소복하게 쌓인 것 같았다. 조금 곰팡내도 났다.

역시 곰팡이가 피었잖아. 꺼내서 말리기라도 할 걸 그랬네. 게다가 침낭 안에 답답하게 들어와 있으려니까 덥다. 요라고 생각하는 게 낫겠다. 잘 생각은 없었지만 불편해서 오른쪽으로 누웠다가 왼쪽으로 누웠다 하며 뒹굴뒹굴했다.

다베와 나카이가 영 조용해서 벌써 잠들었나 살펴봤는데, 침낭 속에서 희미하게 빛이 새어 나왔다. 더운데 머리까지 쏙 들어갔다.

"뭐 해?"

옆에 누운 다베를 찌르며 목소리를 낮춰 묻자, 바스락바스락 침낭에서 기어 나와 스마트폰을 보여주었다.

"탱글 퀘스트. 알아?"

무슨 무슨 퀘스트란 게임이 너무 많아서 모르겠다. 나는 고개를 저었다.

"스마트폰 없어."

"나도 없어. 이거 엄마 거."

"가지고 와도 돼?"

유료 결제는 안 하니까 괜찮다고 새침하게 말하고, 다베가 게임을 설명했다.

"비밀의 보물을 찾는 게임이야. 플레이어가 제각각 고른 보물을 찾아 여행을 떠나. 자기가 뭘 찾는지 다른 멤버한테는 비밀이니까 마지막에 쟁탈전이 벌어지기도 해. 나보다 센 캐릭터랑 같은 보물을 노리는 걸 알면 다른 걸로 바꿀 수도 있어. 동료를 도와주면 아이템을 얻을 수 있고."

"다베, 너는 날 아무렇지 않게 버리더라."

나카이도 침낭에서 고개를 내밀고 말했다. 역시 스마트폰을 들고 있었다. 어쩌다 보니 그런 거라니까. 다베가 더듬더듬 변명하자, '어쩌다 보니'가 세 번이나 벌어지냐고 나카이가 반박했다.

"와, 완전히 푹 빠졌네?"

내가 반쯤 질려서 중얼거리자 나카이가 화면을 들여다본 채 "사사키랑 이노우에가 더 심해"라고 대답했다.

"지금도 같이 하고 있어."

그래서 오자마자 사사키랑 이노우에를 부른 거였구나. 처음부터 이러려고 참가한 거였네.

상황을 파악하고 두 사람을 지켜보았는데, 이미 내 존재따윈 잊고서 게임에 열중하고 있었다. 이러면 내가 없어져도 모를 것 같았다. 알아도 고자질하진 않겠지. 조금 있다가 화장실 가는 척 빠져나가야지.

체육관 천장에 속삭이는 소리가 메아리쳤다. 웅성거림이 커지면 아줌마가 "쉿!" 하고 외쳤다. 그래 봤자 효과 없으니까 아줌마들도 얼른 자러 가란 말이야.

화장실에 가는 척할 생각이었는데 정말로 가고 싶어졌다. 텐트 입구를 들추고 좌우를 살폈다. 아줌마들은 없었다.

좋아, 고개를 끄덕이고 일단 볼일을 봤다. 체육관 내부의 화장실은 바닥이 콘크리트인데 항상 축축했다. 교실이 있는 건물의 화장실도 낡았지만, 여기보다는 나았다. 게다가 체육관 화장실은 화장실용 고무 슬리퍼로 갈아 신어야 했다. 귀찮은데 누가 "화장실 병균이 묻는다"라고 한 말이 생각나서 매번 열심히 갈아 신었다.

볼일을 보고 화장실 슬리퍼를 벗고 실내화로 갈아 신은 다음 통로로 나왔는데, 아줌마 한 명과 마주쳤다. 아라타에게 늦게 왔다고 지적한 접수 담당 아줌마였다.

"화장실?"

"네."

화장실에서 나왔으니까 당연히 화장실이지. 그래도 순순히 대답했다.

"얼른 자라."

아줌마는 안쪽 여자 화장실로 들어갔다.

안 잘 거거든요.

속으로 중얼거리며 다베와 나카이가 있는 텐트로 돌아가지 않고 쇠창살이 망가진 창문으로 접근했다.

망가진 창문이 아마 무대 바로 근처였지.

바닥에 엎드려 두 손으로 창살을 잡고 살짝 들었다. 틀림없어, 여기다. 소리 나지 않게 조심조심.

땀이 났지만 닦을 여유가 없었다.

쇠창살을 움직여 몸이 빠져나갈 정도로 공간을 만들고, 냉큼 고개를 들이밀었다가 내가 얼마나 멍청한지 깨달았다.

체육관 바닥과 바깥 땅은 1미터 정도 차이가 난다. 머리부터 나가면 그대로 물구나무를 서게 된다.

고개를 다시 빼고 이번에는 다리부터 내밀었다. 그 다리를 누가 획 잡아당겼다.

으악.

소리를 낼 뻔했지만, 간신히 참았다. 비명을 질렀다가는 큰일난다.

이런 짓을 할 사람은 한 명뿐이었다.

쿵, 엉덩방아를 찧어서 나도 모르게 "아야!" 하고 외칠 뻔했지만 이번에도 참았다.

"아라타. 진짜, 하지 마."

목소리를 낮춰 강력하게 항의했다.

"미안. 이러지도 저러지도 못하는 것 같아서 도와주려고 했지."

전혀 미안하다고 생각하지 않는 거다. 목소리가 웃잖아.

"비명을 질렀으면 어쩌려고."

"그렇게 놀랄 줄은 몰랐어."

아이고, 아파라. 유난스럽게 엉덩이를 문지르자 아라타가 미안하다며 혼자 창살을 원래대로 돌려놓았다. 오늘 참여한 아이 중에 창살이 망가진 줄 아는 사람은 더 없겠지만, 아줌마들이 둘러보다가 발견하면 귀찮아진다.

"어디로 가?"

"운동장은 안 돼. 아줌마들이 커피를 마시며 얘기 중이야."

"뭐야. 어른들은 아직 깨어 있네. 지금 몇 시야?"

"열한 시 조금 넘었어."

평소라면 나는 잘 시간이다. 아라타는 깨어 있을까? 학원 숙제가 많댔으니까.

"그쪽이 안 되면 수영장에 갈까?"

아라타가 그러자며 걸음을 옮겼다. 학교 터 옆의 도로에 가로등이 있는데, 빛이 희미해서 오히려 더 어두운 것 같았다.

"수영하고 싶다. 땀이 나서 기분 나빠."

몸이 여기저기 잘 가려운 나는 자기 전에 목욕만큼은 꼭 하고 싶었다. 욕조에 들어가지 않더라도 물을 끼얹으면 좋겠다.

"물소리가 나면 아무래도 들키겠지."

"얌전히 담그면 괜찮지 않을까?"

"그럼 재미없잖아?"

아라타가 어이없어했다.

"재미는 없어도 돼. 시원하기만 하면 돼."

"너, 의외로 신경질적이네."

이런 걸 신경질적이라고 하나? 신경질적인 건 굳이 따지자면 나보다 아라타 아닌가. 아, 그러니까 '의외로'인가.

아하, 하고 이해했는데, 이해하기 싫은 마음도 있어서 꾸물거렸더니 아라타가 먼저 가버렸다. 어이, 두고 가지 마. 나도 얼른 쫓아갔다.

수영장 입구는 단단히 잠겨 있었다. 수영장 주위에 둘러친 울타리 윗부분에는 뾰족한 철사가 감겼으니까 타고 넘을 생각은 안 하는 편이 현명했다.

"포기하라는 뜻이네."

"네네. 어차피 진심 아니었거든."

그보다 중요한 문제가 있었다.

"사진, 가지고 왔어?"

"응."

아라타가 가방에서 봉투를 꺼냈다. 손전등도. 역시 준비성이 좋다. 나는 빠져나올 생각만 하느라 아무것도 안 가지고 왔는데.

수영장 계단에 앉아 가로로 길쭉한 봉투를 받았다. 옆에서 아라타가 손전등을 비춰주었다.

"있잖아, 사진관 직원이 이 사진이 맞냐고 확인해달라고 해서 먼저 봤어. 너희 엄마를 아니까 그렇다고 하고 받아왔어. 먼저 봐서 미안해. 그 대신에…."

"괜찮아. 내가 무리해서 부탁했잖아. 그 대신에는 뭐야?"

"음, 일단 봐."

아라타의 말에 봉투를 열었다. 응? 당황해서 안을 한 번 더 확인했다.

"왜 그래?"

"카메라는? 그 초록색 상자."

"그치, 너도 궁금하지? 나도 사진관 직원한테 물어봤어. 카메라는 어디 있냐고. 그랬더니 필름을 꺼낼 때 분해해야 해서 이제 쓰지 못하니까 돌려주지 못한대."

그 필름이라면서 아라타가 가리킨 것은 위아래로 네모난 구멍이 나란한, 갈색의 길쭉한 종이 같은 것이었다.

"그런 구조구나."

이제 이모부 가게에 몰래 가져다 놓을 수 없겠네. 이런 생각을 한 내가 웃겼다. 애초에 가져다 놓을 생각도 없었으면서.

"그리고 그 카메라, 되게 오래됐잖아? 색이 변한 건 어쩔 수 없대. 일단 뭐가 찍혔는지는 알아볼 수 있는 수준이긴 해."

아라타가 미안해하며 말했다. 아라타 잘못이 아닌데.

"알았어. 귀찮은 일을 부탁해서 미안해."

각오하고 사진을 꺼냈다.

두근거렸다. 엄마랑 이모부, 이모의 비밀을 보는 기분이야.

함부로 보지 마! 다카토시 이모부가 바로 뒤에서 소리를 지를 것 같았다.

아니, 이 사진을 함부로 봤다고 화를 낼 사람은 이모부가 아니라 아빠일까?

첫 번째 사진은 자동차를 운전하는 다카토시 이모부의 옆모습. 그 뒤로 초록빛 나무들이 찍혔다. 사진 전체가 누리끼리한 건 사진관 사람 말처럼 오래됐기 때문인가 보았다.

두 번째는 캠핑장 간판 앞에서 브이를 그린 엄마와 유리코 이모. 다음은 바비큐 준비를 하는 엄마와 유리코 이모. 불을 피우는 다카토시 이모부. 그다음은 작은 아기. 나다.

"이거 히로키?"

그럴 거라고 대답하며 고개를 끄덕였다.

"몇 살 때야?"

"아마 두 살일걸."

벌써 십 년이 지났네, 하고 할머니가 우연히 말씀하셨던 게 생각났다.

두 살인 나는 포동포동한 손에 오이를 움켜쥐고 있었다. 설마 오이를 우적우적 먹었나?

다음은 유리코 이모가 가지를 썰고 엄마가 주스를 컵에 따르는 사진. 그 사진을 넘기자 나타난 인물에 숨이 턱 막혔다. 아빠다.

아빠가 심각한 표정으로 고기를 굽고 있었다. 고기를 구우면서 굳이 그런 표정을 지어야 하나 싶을 정도로.

"이분이 아빠?"

아라타가 눈치를 살피며 물었지만, 순순히 고개를 끄덕이지 못했다.

"…바보 같아. 겨우 고기를 구우면서."

이상하게 자꾸 화가 치밀었다. 좀 편한 모습의 사진이기를 바랐다. 허물없는 친구와 굽는 바비큐잖아. 장난치다가 조개를 캐러 간다는 소리를 하고 바다에 들어갔을 거 아냐?

하지만 이 사람은 그런 가벼운 사람처럼 보이지 않았다.

다음, 다음.

계속 더 넘기자, 캠프파이어처럼 불꽃이 핀 화로 사진이나 청개구리를 손바닥에 올리고 웃는 다카토시 이모부의 사진이 나왔고, 제일 마지막에 다 같이 찍힌 사진이 있었다.

다 같이. 다카토시 이모부와 유리코 이모, 아빠와 엄마와 나.

그게 마지막 사진이었다.

"…아마 다른 사람한테 찍어달라고 했겠지. 셀프 타이머 같은 건 없었을 테니까."

웃는다.

아빠가 웃고 있다. 처음 보는 자연스러운 미소.

눈매, 역시 나랑 닮았을까. 내가 보기에는 잘 모르겠다.

다들 웃고 있다. 나 빼고. 나는 엄마 품에 안겨 잠들었다.

너무해.

아빠가 죽지 않았다면 이런 기회가 몇 번은 더 있었을 거다. 이모부의 집에 놀러 가는 그 연장선처럼.

아빠만 죽지 않았다면.

이렇게 바비큐를 굽고 바다에서 놀았겠지.

거기까지 생각하다가 의아했다.

바다가 찍히지 않았다. 바다 옆에서 바비큐를 구워 먹었다고 들었는데. 아니면 아빠가 죽은 날의 사진이라고 생각한 건 내 착각인가.

"여기 어딜까."

무심코 중얼거리자 아라타가 말했다.

"가보고 싶어?"

간다고?

가서 뭐 해? 혼자서는 바비큐도 못 구워. 그래도 궁금하다. 다 같이 갔는데 나만 기억을 못 한다니 분하잖아.

"먼 곳인가?"

"안 멀어. 옆에 N시래."

"조사했어?"

사진 인화를 부탁한 것도 귀찮은 일을 떠맡긴 것 같아서 미안했는데.

왜 그렇게까지 했는지 묻고 싶었는데, 아라타가 당연하다는 듯이 설명했다.

"앞쪽 사진에 '까마귀산 공원'이라는 간판이 있었잖아. 그래서 검색해봤어."

엄마와 이모가 브이를 한 사진이었다.

다시 그 사진으로 돌아가자 정말 간판에 글자가 적혀 있었다. 나는 간판 글자까지는 못 봤는데 역시 아라타였다. 글씨체가 독특해서 나는 봤어도 바로 읽지 못했을 거야. 아라타가 가방에서 네모나게 접은 종이를 꺼내 펼쳤다. 컴퓨터로 조사해 출력해온 지도였다.

"혹시 이것 때문에 늦었어? 아까 말한 '그 대신에'가 이거야?"

"응. 먼저 봤으니까 사과로. 그리고 좀 궁금했거든. 어떤 곳이고 얼마나 먼 곳인지 조사하는 거 좋아해. 너도 궁금할 것 같았고. 역시… 좀 닮았다. 너랑 아빠."

"…그래?"

안 닮았어. 안 닮았으면 좋겠어.

고작 고기를 구우면서 수술하는 의사처럼 심각한 점도, 조개를 캐러 간 바다에서 죽은 멍청한 점도.

"역으로 가서 버스를 갈아타고 종점 영업소까지 가면 한 시간쯤 걸리나 봐. 거기부터는 걸어서 가야 할 것 같아. 그래도 갈래?"

"차가 없어도 갈 수 있어?"

"차로 가면 편하겠지만 아예 못 갈 거리는 아니야. 지도를 봐. 여기가 학교고 빨간 선이 역까지 가는 버스 노선. 파란 노선으로 갈아타서, 종점에서부터 쭉 걸으면 까마귀산 공원 캠핑장."

아라타의 손가락이 지도를 더듬었다. 우리가 사는 동네에서 모르는 동네로. 익숙하지 않은 지명이 잔뜩 적힌 그 오른쪽에는 바다가 펼쳐져 있었다. 캠핑장 바로 옆이었다.

여기다. 이 바다다. 이 캠핑장에서 바비큐를 굽고 아빠는 바다에 갔다.

심장이 쿵쿵 뛰기 시작했다.

가보고 싶어. 아빠가 마지막으로 본 바다를 나도 보고 싶어.

내일은 일요일이지만 역 앞 상점가의 행사가 있어서 엄마는 없을 예정이다. '학교에서 숙박하자'가 끝나고 흥분해서 다 같이 놀았다고 둘러대면 된다. 저녁이 되기 전에 돌아올 수 있으면 변명도 필요 없다. 좋은 기회였다.

가볼까. 하루 안에 갔다가 돌아올 수 있을까.

이렇게 조사했다는 건, 아라타도 같이 가준다는 뜻일까. 하지만 학원이 있지. 학원 안 가는 날이 언제지? 나는 최대한 빨리 가고 싶었다. 내일이라도 가고 싶었다.

부탁하려고 했는데 그보다 먼저 아라타가 말했다.

"그리고 너한테 부탁이 있는데."

"뭔데?"

아라타가 나한테 부탁을 하다니 처음 있는 일 아닌가. 내가 할 수 있는 일이라면 뭐든 해주고 싶다.

"나도 가고 싶은 곳이 있거든."

"어? 어디?"

"누나를 만나러 가고 싶어."

"누나? U 대학까지? 여름방학이면 돌아오는 거 아니야?"

이제 곧 여름방학이다. 그때까지 못 기다려?

"…누나, 계속 집에 오질 않아. 전화도 안 받아. 그래서 만나서 얘기하고 싶어. 어떻게든 꼭. 진로를 정하기 전에, 지금. 학원에 안 간 걸 들키면… 뭐, 결석하면 집에 연락이 가니까 당연히 들키겠지만, 너랑 같이 있었다고 해주면 좋겠어. 반대로 너희 엄마가 나한테 물어보면 나도 너랑 같이 있었다고 할 테니까. 응? 너도 엄마한테 말 안 하고 갈 거지?"

"그야 그렇지만…"

나는 엄마에게 비밀로 하고 아빠가 죽은 바다를 보러 간다.

아라타는 엄마에게 비밀로 하고 U 대학의 누나를 만나러 간다.

내일.

혼자서.

"잘될까…."

잘될 리가 없었다. 나였다면 이렇게 컴퓨터로 지리를 조사해 지도를 출력하려는 생각도 못 했다. 거기에 가봤자 나 혼자면 곤란한 일이 잔뜩 생길 게 뻔했다.

하지만 같이 가달라고 조를 순 없었다.

나는 입술을 깨물었다.

아라타는 아무 말 없이 하늘을 올려다보았다. 그대로 꼼짝하지 않아서 나도 따라했다.

목뼈가 꺾일 정도로 열심히 올려다보았지만, 쏟아지는 별하늘은 기대할 수 없었다. 도쿄처럼 도시도 아니면서 밤하늘이 어두워 별이 얼마 보이지 않았다.

"야, 아라타."

괜찮다고 말해주길 바라며 불렀다. 아라타가 곤란한 표정으로 나를 보았다.

혹시 나 울 것 같은 표정을 지었나?

내 걱정을 없애주려는 것처럼 아라타가 웃었다.

"아주 멀리 가는 것도 아니야. 하루 만에 다녀올 수 있어. 괜찮을 거야."

다시 하늘을 올려다보았다. 미간을 찡그리고.

사실은 아라타도 괜찮다고 생각하지 않을 거다.

아라타도 나처럼 불안해서 울고 싶을지도 모른다.

그래도 혼자 가야 한다는 걸 알고 있었다.

나도 아라타도, 혼자서.

　어휴, 가슴속에 찬 복잡한 마음을 공기와 함께 내쉬었다. 울고 싶은 마음을 들키면 안 되고, 내가 아라타의 마음을 알아차린 것도 들키면 안 된다.

　배에 힘을 꾹 주고 아무렇지 않은 척 목소리를 꾸몄다.

　"눈이 익숙해져서 그런가, 아까보다 별이 많이 보인다. 저거 뭐야?"

　아라타의 주의를 끌려고 손을 크게 움직였다.

　"목성."

　아라타가 평소처럼 재깍 대답했다.

　"흠. 그럼 여름의 대삼각형은?"

　"저기…. 저게 데네브랑 베가랑 알타이르(여름철 북반구 하늘에서 밝게 빛나는 별 세 개가 이루는 삼각형으로, 백조자리의 데네브, 거문고자리의 베가, 독수리자리의 알타이르이다-옮긴이)."

　아라타가 내 팔을 획 당겨 방향을 바꿔 하늘을 가리켰다.

　"오오. 저게 여름의 대삼각형이구나."

　"뭔지 알겠어? 좀 흐릿한데."

　"안다니까. 정말 삼각형으로 보인다."

　흐음. 아라타는 의심스러운 듯했다.

　사실 자신 없지만 저기 보이는 걸 여름의 대삼각형이라

고 생각하자. 틀렸어도 뭐 어때. 삼각형이면 됐지.

"…K 학교에는 아주 커다란 천체망원경이 있어."

아라타가 조용히 말했다.

망원경이 있으니까 아라타는 6중이 아니라 K 학교의 부속 중학교에 가고 싶은 건가? 누나처럼.

"엄마가 홋카이도 학교에 보내고 싶어 하는 건 엄마가 집에서 나가고 싶어서야. 나를 구실로 삼아서."

"부모님, 사이가 안 좋으셔?"

"사이가 좋고 나쁘고를 떠나 엄마랑 아빠, 전혀 대화도 안 해. 우리 가족은 따로따로야. 엄마는 아빠가 가끔 집에 있나 싶으면 엉뚱한 소리만 한다고, 아무것도 모른다고 맨날 불평해. 사실 엄마는 오늘 내가 여기 참가하는 것도 싫어했어."

아라타네 아빠는 일이 바빠서 집에 거의 없다고 들었다. 밤늦게 집에 와서 아침 일찍 나가거나, 아니면 자고 있다고.

"지금처럼 학원에 다니기 전에는 아빠랑 나랑 그래도 대화를 나눴어. 아빠가 집에 온 뒤니까 늦은 시간이지만 졸리지 않다고 고집을 부려서. 카메라 얘기나 혜성을 본 얘기, 지금도 기억해. 그때는 엄마가 누나 입시에 매달렸을 시기였을 거야. 그게 이번에는 내 차례가 된 거고. 너랑 너희 엄마처럼 얘기도 제대로 나누고 제대로 싸우기도 하는 그런 가족이면 좋았을 텐데."

"제대로 싸우는 건 뭐냐."

또 우리도 말하지 못하는 것이 있다. 묻고 싶어도 물어보지 못하는 것도.

"나랑 엄마는 그게 안 돼."

다시 하늘을 올려다보았다.

여름의 대삼각형이 조금 전과 전혀 다른 형태로 보였다. 아까가 틀렸을까, 지금이 틀렸을까. 어느 쪽이 정답이지?

보면 볼수록 어딜 어떻게 이어야 하는지 모르겠다.

"그만 잘까?"

누가 먼저랄 것 없이 말했다. 내가 말한 것 같기도 하고 아라타가 그러자고 한 말을 들은 것 같기도 했다.

내일 아침은 여섯 시에 일어나 아침 체조다. 체육관 청소와 운동장 잡초 뽑기를 하고 아침을 먹고 마무리 모임을 하고 해산.

그 후로 나와 아라타는 따로따로 비밀 여행을 떠난다.

6

출발

살금살금 텐트에 돌아와서 보니, 다베와 나카이는 여전히 게임 중이었다. 내가 아침까지 돌아오지 않았어도 몰랐을 것 같다.

두 사람은 아침까지 계속 게임을 했는지, 아침 활동 내내 졸려 죽겠다는 표정이었다. 나는 잤는지 안 잤는지 어중간한 상태인데도 묘하게 머리가 맑았다. 아침 체조를 하고 청소를 하고, 주먹밥과 주스라는 괴상한 조합의 아침밥을 먹었다.

왜 주먹밥이랑 주스지? 왜 주스인데 빵이 아니라 주먹밥이야? 아이들의 이런 야유 속에서 나는 대충 집어 든 사과 주스와 가다랑어포 주먹밥을 먹었다. 그러는 동안 계속 갈아탈 버스나 걸어갈 길을 생각하느라 바빴다.

사진 현상비는 1,200엔이었다.

"현상비는 다음에 줘도 돼. 은행에서 세뱃돈 찾았거든."

해산한 뒤, 아라타가 말했다. 은행에 맡긴 세뱃돈을 직접 찾아서 쓰다니 역시 아라타는 나랑 다르다고 생각했지만, 겉으로 티를 내지 않으려고 노력했다. 세뱃돈을 찾은 건 누나를 찾아가기 위해서였겠지. 특급 열차를 타려면 돈이 든다.

고맙다고 대답하기도 전에 누가 등을 툭툭 쳤다.

"야, 히로키. 와타베가 지금부터 축구 하자던데. 할래? 너 한가하지?"

사사키였다. 아침까지 계속 게임을 했으면서 축구를 할 기운이 있다니 대단하다. 한가하다고 멋대로 짐작하는 거엔 발끈했지만, 지금 여기에서 사사키랑 옥신각신할 시간이 없다.

"안 한가하거든. 오늘은 엄마 가게를 도와야 해."

사사키가 우리 엄마랑 대화할 리 없으니까 거짓말해도 들키지 않는다.

"엑, 진짜? 재미없어. 아라타는… 학원에 가지?"

아라타가 그렇다며 태연자약하게 대답했다. 거짓말쟁이.

"사와이는? 집에 있을 것 같은데."

사사키를 얼른 쫓아 보내고 싶다. 그래도 안달이 난 걸 들키지 않으려면 평범하게 말해야 한다. 꿍꿍이가 있는 걸 들키면 안 되니까. 어떻게 해야 평범하게 들릴까?

"그러게. 고도나 사와이는 집에 있겠지? 가봐야지. 나 간다."

사사키가 멀어지자 안심해서 어깨의 힘이 빠졌다.

첫 번째 거짓말은 잘 넘어갔다.

오늘은 거짓말을 얼마나 많이 해야 할까.

집에 도착하자마자 먼저 책상 서랍 속 지갑을 확인했다.

1,153엔. 어떻게든 될 것 같다.

바로 나가려고 했는데, 티셔츠 옷자락이 까맣게 얼룩진 게 보였다. 어제 밥을 짓다가 그을음이 묻었나 보다. 티셔츠를 들어 냄새를 맡아보니 매캐했다. 갈아입어야겠다. 샤워도 하고 싶지만, 시간이 아까우니까 패스.

티셔츠와 반바지를 갈아입고, 벗은 옷을 빨래 바구니에 던져 넣었다. 반바지 절반이 바구니에 들어가지 못하고 걸쳐졌지만 이건 무시. 가방을 메고 샌들을 신고 출발했다.

찰칵, 열쇠가 잠기는 소리가 유난히 크게 들렸다.

먼저 버스를 타고 역까지 갔다. 우리 동네의 작은 역이 아니라 특급 열차가 서는 커다란 역이다. 집 근처 정류장에서 버스를 탔는데, 나 이외에는 할머니 한 명만 탔다. 추울 정도로 에어컨이 빵빵하게 나왔다.

창밖을 멍하니 바라보는데 신호에 걸려 왜건 자동차가 옆에 나란히 섰다. 뒷좌석에 아이가 셋. 맞붙어 싸우는지

난리였다. 조수석에 앉은 여자가 뒤를 돌아보고 뭐라고 외쳤다. 아마 엄마일 테고 얌전히 있으라고 야단치는 거겠지. 운전하는 사람은 아빠. 일요일에는 이렇게 가족끼리 외출하는구나.

아라타는 지금쯤 열차를 탔을까.

아라타는 집에 들르지 않고 바로 갈 예정으로 준비를 해 왔다. 엄마가 차를 타고 데리러 오겠다고 했는데 부끄러우니까 그러지 말라고 필사적으로 거절했다고 한다.

최소한 역까지는 같이 가면 좋았겠다. 하지만 내 목적지보다 멀리 가니까 어쩔 수 없었다. 그래도 준비성 좋은 아라타에게 감탄하기에 앞서 왠지 쓸쓸해졌다.

내리는 사람이 없는데도 버스가 정류장에 멈췄다. 타는 사람도 없었다. 왜 이러나 싶었는데, "시간 조정을 위해 삼 분간 정차합니다"라는 방송이 나왔다.

조금이라도 빨리 가고 싶은데.

안절부절못하며 창밖을 내다보았다. 하얀 트럭이 버스를 추월했다.

"으악."

나는 얼른 창에서 고개를 돌렸다.

다카노 전기의 트럭이었다. 비닐에 싼 냉장고를 실은 걸 보니 배달 중인 것 같았다.

설마 날 보진 않았겠지?

버스가 다시 움직였을 때, 이모부의 트럭은 이미 보이지 않았다. 하지만 긴장은 좀처럼 풀리지 않았다.

역에 도착했다.

여기까지는 몇 번쯤 온 적 있었다. 이제부터는 처음이었다.

안내판을 보고 타는 곳을 찾았다. 아라타가 알려준 이소하마 영업소행은 5번이다. 화장실 앞 타는 곳의 벤치에는 아무도 없었다. 시각표를 보니 버스가 십 분 전에 출발했다.

"다음 건 삼십 분 후…."

운도 없지.

화장실에서 솔로 벅벅 바닥을 문지르는 소리가 들렸다. 청소 중인가 보다.

왠지 화장실에 가고 싶어졌다.

청소 중이니까 참아야 했다. 그렇게 생각하니까 괜히 더 가고 싶었다. 어젯밤부터 계속 이런다. 빨리 안 끝나나. 청소가 끝나기 전에 버스가 오면 어떡해? 이대로 버스에 타면 종점까지 도저히 못 참는다.

마침내 청소 도구를 든 아저씨가 나와서 안심했는데, 마음을 놓으면 안 된다. 아랫배에 잔뜩 힘을 주고 일어나, 변기 앞에 서서 힘을 뺐다.

"흐아아."

와, 살았다.

여기에 화장실을 만들어준 분, 고맙습니다.

편안해져서 다시 벤치로 돌아왔다. 아직 십 분도 지나지 않았다.

앉아 있는 것도 지겨우니까 일어나서 안내판 노선도를 보러 갔다.

이왕이면 좀 더 멀리까지 가는 게 있으면 좋겠다. 캠핑장 더 가까운 곳까지.

버스가 몇 대나 오고 또 출발했다. 그런데 5번 타는 곳에는 버스도 사람도 없었다.

"어디 가니? 어디에서 타는지 알아?"

갑자기 누가 말을 걸어서 등이 움찔할 정도로 놀랐다. 돌아보니 형광 초록색 조끼를 입은 아저씨가 서 있었다. 조끼 가슴에 '관광 자원봉사'라고 적혀 있었다.

"괜찮아요. 알아요."

도망치듯이 1번 타는 곳으로 걸어갔다. 5번과는 반대 방향으로.

어디 가는지 대답할 수 없었다. 혼자 갈 만한 곳이 아니었다. 괜히 말 걸게 하지 말아야지. 그러려면 어떻게 해야 하지?

아저씨가 빤히 쳐다보는 것 같아서 1번 타는 곳에서 버스를 기다리는 척하며 벤치에 앉았다. 이쪽은 시각표에 숫자가 잔뜩 적혀 있고, 오 분마다 버스가 출발하는 것 같았다. 버스가 와서 승객이 내리면 그 사람들 틈에 섞여서 이동해야. 아직 5번 버스는 오지 않았다.

그런데 힐끔 보니 5번 타는 곳에 버스가 천천히 들어오고 있었다. 이소하마 영업소행 버스였다.

설마 시각표가 틀렸어?

뛰어가고 싶었지만, 아직 아저씨가 이쪽을 보고 있었다. 이리저리 오가면 또 뭐라고 말을 걸지도 몰라.

침착해, 침착해.

모든 버스는 터미널을 한 바퀴 돌아서 나간다. 이 1번 타는 곳 앞을 반드시 지나가니까 혹시 움직이기 시작하면 큰소리를 내서 여기 멈춰달라고 하면 돼. 저 아저씨는 이상하게 생각할 테지만 알 게 뭐람.

1번 타는 곳에 버스가 도착했다. 문이 열리고 승객들이 우르르 내렸다.

살았다. 이 사람들에 섞여서 움직여야지.

유치원생으로 보이는 여자애와 아기를 안은 아빠, 짐을

든 엄마 가족 뒤에 슬쩍 달라붙어서 걸었다. 제일 큰 오빠처럼. 뒤처져서 걷던 여자애가 힐끔 돌아보더니, 갑자기 나를 향해 브이를 했다. 어쩌지 싫어 헤헤 웃어 보이자, 여자애가 만족했는지 끄덕이고는 엄마를 쫓아갔다.

그러는 사이에 아저씨라는 난관을 지나 5번 타는 곳에 도착했다.

그런데 버스 문은 닫혀 있었고 운전사도 없었다. 텅 빈 버스가 있을 뿐이었다.

뭐야. 괜히 서둘렀네.

다시 벤치에 앉았다. 가방을 내려놓고 티셔츠를 펄럭여 땀에 흠뻑 젖은 등으로 바람이 통하게 했다.

"더워."

버스 안은 시원할까? 지금은 엔진을 껐지만 여기 올 때까지 에어컨을 켰을 테니까 밖보다는 낫겠지. 안으로 들여보내주면 좋겠다. 앞으로 몇 분을 더 기다려야 할까.

시계를 보려고 뒤를 돌아봤는데, 화장실 앞에 운전사가 담배를 물고 서 있었다. 재떨이도 있었다. 휴식 공간인 모양이었다.

"탈 거니?"

눈이 마주치자 운전사가 버스를 가리키며 물었다. 그렇

다고 고개를 끄덕였다.

"미안한데 조금만 더 기다려라. 이거 다 피우면."

아직 발차 시각이 아니었다. 오 분 남았다. 미안하다고 안 해도 된다.

티셔츠를 펄럭이면 덥다고 투덜대는 것 같으니까 그만두었다. 그래도 아무것도 안 하고 있으려니 불안했다. 진정하려고 가방에서 지도를 꺼냈다.

이제부터 탈 버스의 종점 근처에는 아무것도 없었다. 슈퍼도 편의점도 병원도, 표식이 될 만한 건물이 하나도 없었다.

그래도 길은 하나뿐이니까 헤매지는 않을 것이다. 그 길을 쭉 걸으면 오른편에 까마귀산 공원 캠핑장이 나온다.

꾸물꾸물 솟구치는 불안한 마음을 없애려고 혼잣말을 했다.

괜찮아, 갈 수 있어. 아빠의 바다에.

"자, 오래 기다렸다. 시원해질 때까지 좀 걸리겠지만."

운전사가 문을 열고 내게 말을 걸었다. 고맙지만 자꾸 말을 걸면 곤란하니까 운전사 눈에 띄지 않는 자리를 골라서 앉았다. 운전석 바로 뒤. 칸막이가 있으니까 잘 안 보이겠지.

잠시 후, 무거워 보이는 봉지를 두 개나 든 할머니가 타서 내 반대쪽 제일 앞자리에 앉았다. 아까 버스에서도 할머니랑 같이 탔었지. 버스에 타는 사람은 죄다 할머니들이네. 할머니가 앉아서 짐을 바닥에 놓는 것을 기다렸다가 버스가 출발했다.

출발하고 한동안은 익숙한 곳을 지나갔다. 큰 병원, 사회 시간에 견학하러 간 낫토 공장, 경찰서. 그러다가 점점 처음 보는 풍경으로 바뀌었다. 논밭이 늘었다.

에어컨이 너무 시원해서 졸음이 쏟아졌다. 종점까지 가니까 자도 괜찮겠지. 커브가 많아서 몸이 좌우로 흔들렸다. 유리창에 머리를 콩 박아서 얼른 반대쪽으로 몸을 기울였지만 금방 또 콩 박았다. 그래도 졸리니까 잠이 들었다.

다섯 번쯤 머리를 박다가 간신히 눈을 뜨자, 버스가 푸릇푸릇한 논 사이를 달리는 중이었다. 군데군데 헌 옷을 입은 허수아비가 보였다. 집이 드문드문 있을 뿐이었다. 덜컥 불안해졌다.

이 버스, 제대로 탄 거 맞겠지?

나는 지금 도대체 뭐 하는 걸까.

"다음 정류장은 종점 이소하마 영업소입니다."

기계 음성이 들렸다. 할머니는 어느새 내렸나 보다. 버스에 나만 있었다. 영업소니까 큰 빌딩이 있을 줄 알았는데,

일 층짜리 낡은 오두막 같았다. 옆에 설치된 자동판매기만 유난히 번쩍번쩍했다.

운임표를 확인하니 정기권이 아닌 요금은 740엔. 순간 돈이 부족해서 당황했는데, 어린이 요금은 어른의 절반이었다. 370엔이면 되었다. 다행이다. 집에 갈 돈도 되겠다.

요금함에 돈을 넣고 버스에서 내리자, 더운 공기가 물씬 덮쳐왔다. 시원한 버스 안으로 돌아가고 싶은 마음을 꾹 참았다. 엔진을 끄고 운전사도 내렸다.

꾸물거리면 말을 걸지도 몰라. 나는 성큼성큼 걸었다.

버스가 향하던 곳과 같은 방향으로. 이 길을 똑바로.

얼마나 걸었을까.

차가 몇 대쯤 지나가긴 했으나 나 이외에 걸어가는 사람은 없었고, 처음에는 길가에 나란했던 집들도 점점 띄엄띄엄해지더니 지금은 전혀 보이지 않았다. 밭 저 너머에 드문드문 보일 뿐이었다. 손목시계를 깜박하다니 실수였다. 모자도 쓰고 왔어야지. 햇볕이 이글이글 불타서 머리가 뜨거웠다.

가드레일에 기대 잠깐 쉬었다. 지도를 꺼내 길을 확인했다.

방향은 맞을 테고, 문제는 거리였다. 몇 킬로미터를 걸어야 하지? 문득 5학년 사회 시간에 배운 거리 재는 법이 생각났다.

지도 아래쪽의 척도에 1킬로미터의 길이가 적혀 있으니까 몇 배인지 재면 된다. 나는 검지와 엄지로 1킬로미터의 폭을 재고, 버스 정류장부터 뻗은 길에 댔다. 1, 2, 3… 7 정도.

"7킬로미터?"

그거 걸어서 얼마나 걸리지? 한 시간에 걸을 수 있는 거리가 4킬로미터 정도라고 선생님이 말했던 것 같아. 그럼 두 시간 가까이 걸어야 한다고?

두 시간.

그러고 보니 아라타가 쭉 걸어야 한다고 말했지? 쭉 두 시간. 한숨을 쉬며 지도를 가방에 넣고 물통을 꺼내 차를 마셨다. 그러다가 큰일 난 걸 깨달았다.

"진짜냐."

차가 얼마 남지 않았다. 어제 마시다 남은 것만 있어서 금방 다 마셔버렸다. 왜 꼭 채워오지 않았지? 평소에는 학교에 수도가 있고, 여차하면 집에 가면 되고, 편의점이나 자동판매기도 있으니까 차가운 음료를 얼마든지 마실 수 있었다.

하지만 여기는 편의점도 자동판매기도 없었다. 차가 이따금 빠르게 지나갈 뿐인 길가에 그런 걸 만들어봤자 낭비다.

영업소 입구에 자동판매기가 있었지. 그때 샀어야 했다. 운전사가 말을 걸지도 모른다고 괜히 떨지 말았어야 했다.

그래도 캠핑장에 가면 수도는 있을 것이다.

콜라나 사이다가 마시고 싶지만 형편이 이런 마당이니 그냥 물이라도 좋다. 일단 캠핑장에 가야 했다.

캠핑장에는 버스에서 봤던 차를 탄 가족이나 역에서 본 가족 같은 사람들이 많이 있겠지. 사진 속 아빠들처럼 웃는 사람들. 마른 목을 축이고 그런 사람들을 지켜보다 보면, 그때 기억이 아주 조금은 되살아날지도 몰라.

아무튼 갈 수밖에 없었다. 오도카니 있을 수도 없잖아.

나는 가방을 메고 느릿느릿 걸었다. 길 바로 옆은 울창한 숲이지만, 태양이 머리 꼭대기에 있어서 그림자가 길까지 뻗지 않았다. 길에서 나가 숲을 걷는 건 무서웠다. 뱀이 있을지도 몰랐다. 독 있는 뱀한테 물리면 큰일이다.

땀이 줄줄 흘렀다. 귀중한 수분이 몸에서 빠져나갔다.

사막에서 조난하면 오줌을 마셔라.

예전에 텔레비전에서 봤던 생존자들의 기적이니 뭐니 하는 방송이 생각났다.

하지만 오줌을 받을 그릇이 없다. 어떻게 마셔? 설마 물통에 담아서? 두 번 다시 못 쓰잖아. 하지만 그렇게라도 하지 않으면 나는 바짝 말라 죽을 거야.

차도 지나가지 않았다.

여기에 쓰러져도 아무도 모르겠지. 내가 여기 온 줄 아는 사람은 아라타뿐인데, 아라타는 지금 누나를 만나러 갔으니까 내가 위기에 처한 줄 알 리가 없었다.

"아아, 진짜 싫다."

왜 이런 곳에 왔을까.

아라타가 있었으면 좋겠다. 아라타랑 같이 올 수 있는 날까지 기다릴걸.

그런 날이 있을 리 없지. 머릿속에서 또 다른 내가 냉정하게 말했다.

아라타는 매일 학원에 가야 하고, 오늘도 나랑 같이 오기보다 누나를 만나러 가는 쪽을 선택했다. 아라타는 6중에 가지 않는다. 아라타와 영원히 함께할 수 없다. 아라타에게 너무 의지하면 안 된다.

우울해서 더는 걷고 싶지 않았다. 아스팔트 길은 아직도 한참 이어졌다.

멈춰 서면 안 돼. 걸어야지.

아라타라면 어떻게 했을까 생각하다가 고개를 저었다.

나랑 아라타는 다르다.

　아라타는 아빠랑 말할 수 있다. 밤늦게라도 집에 돌아오니까.

　하지만 나는 아빠와 만나지 못한다. 아빠가 죽은 바다를 보는 것 말고 아빠에게 다가갈 방법이 없다. 아무도 데려가 주지 않으니까 나는 혼자 간다. 여기까지 와서 돌아갈 수 없다.

　이마의 땀을 닦고 걸음을 옮겼다. 두 시간쯤이야 거뜬하다.

　몇 걸음을 걷기도 전에 뒤에서 하얀 차가 스르륵 다가오더니 그대로 지나갈 줄 알았는데 조금 앞에서 멈춰 섰다.

　길이라도 물으려나?

　차에 탄 사람 눈에 나는 이 동네 초등학생으로 보일지도 몰랐다. 길은 내가 묻고 싶었다.

　"많이 지친 것 같은데, 괜찮니?"

　어디서 들어본 적 있는 목소리인데. 조심조심 다가가자 운전석에 까만 티셔츠를 입은 아저씨가 있었다. 누구더라. 만난 적 있는 것 같아.

　"히로키지? 나 기억 안 나니? 세이류켄에서 만난⋯."

　큰일 났다. 그 대리남이잖아.

　곧바로 뒤로 물러났다. 엄마한테 이르면 어떡하지.

내가 차에서 멀어지자, 그 사람은 예의 바르게도 안전띠를 풀더니 조수석 자리를 손으로 짚으며 말했다.

"강요할 순 없지만 타지 않을래?"

나는 한심하게도 냉큼 고개를 끄덕이고는 달려가 문을 열었다. 머리보다 먼저 몸이 움직였다. 에어컨 덕분에 시원한 공기가 나를 감쌌다. 이어서 음료수 받침대에 놓인 페트병 차에 곧장 시선이 쏠렸다. 대리남도 바로 알아챈 모양이었다.

"마시던 거지만, 마실래?"

"괜찮아요?"

매달리듯이 바라본 내게 대리남이 같은 말을 반복했다.

"그래. 마시던 거라도 괜찮다면."

고맙다고 말해야 하는데 목이 타서 나는 뚜껑을 열어 벌컥벌컥 마셨다. 이런 사람한테 빚을 지다니 열 받지만 어쩔 수 없었다. 말라 죽는 건 싫었다.

흐아, 한숨을 쉬며 페트병을 확인했다. 절반 넘게 있었는데 단숨에 마셔서 얼마 안 남았다.

"마실 거 안 챙겨 왔니?"

황당해하는 것도 아니고 혼내는 것도 아닌, 그냥 순수하게 물어보는 말투였지만 나는 움츠러들어 입술을 삐죽였다.

"…중간에 살 수 있을 줄 알고."

"그거 큰 실순데? 탐구 여행에는 물과 식량이 필수 아이템이잖아."

"탐구?"

"찾아서 구한다는 뜻이야. 아주 심각한 얼굴로 걸어가니까 그런 여행인 줄 알았지."

탐구 여행.

그런 멋있는 게 아니다.

동기도 준비도 대책 없이 되는대로였고 이런 곳에서 녹초가 된 한심한 상태였지만, 이 사람한테 솔직하게 털어놓기는 싫었다.

"여행 도중에 동료를 얻는 것도 기본적인 전개니까 도움을 요청하는 것도 괜찮아."

뭐야. 내가 애라고 게임 이야기나 하고 말이야. 이건 RPG가 아니고 나는 용사도 아니라고.

하지만 도움이 필요한 건 사실이었다.

"목적지는?"

대리남이 내비게이션을 켜며 물었다.

혼자 가겠다고 고집을 부릴까? 아니면 이대로 차를 타고 가?

"…까마귀산 공원."

나는 자신의 무력함을 순순히 인정하기로 했다. 그럴 수밖에 없었다.

도움을 받았으니까 대리남이라고 부를 수는 없다. 내 패배다.

진짜 이름이 뭐였더라.

"캠핑장?"

가만히 고개를 끄덕였다. 맞아, 와타히키. 와타히키 씨.

"알았어."

와타히키 씨가 내비게이션을 끄더니, 더는 뭐라고 말하지 않고 차를 몰았다.

걸었으면 아마 한 시간 이상 걸렸을 것이다. 와타히키 씨의 하얀 차는 어이없을 정도로 빠르게 나를 까마귀산 공원 캠핑장에 데려다주었다.

주차장에 차를 댄 와타히키 씨가 정자를 가리켰다.

"저기에서 기다릴 테니까 일 다 보면 와라. 또 가고 싶은 곳 있으면 데려가줄게."

이렇게까지 말하니까 뭔가 꿍꿍이가 있나 의심스러웠다. 당연히 엄마한테 연락하겠지?

"걱정 안 해도 돼. 어머니한테 전화 안 해. 연락하면 어머니가 곤란하실 뿐이니까."

내 생각쯤은 전부 꿰뚫어 보나 보다.

엄마가 곤란할 거라는 이유는 불쾌했지만, 차를 태워줬으니까 불평할 수 없었다.

금방 오겠다고만 말하고 나는 터덜터덜 걸음을 옮겼다.

와타히키 씨가 무슨 생각으로 여기까지 데려왔는지 도무지 모르겠다.

돌아보니, 와타히키 씨는 벤치 위에 벌러덩 누워 있었다.

저런 데서 자려고?

기가 막혔지만 나한테 관심이 없다면 고맙다. 와타히키 씨를 신경 쓰는 건 그만두고 주위를 둘러보았다.

까마귀산 공원의 간판은 사진에 찍힌 것과 똑같을까. 바비큐 구역은 달라지지 않았을까.

사흘 연휴의 가운데 날인데 붐비지 않았다. 붐비기는커녕 바비큐 구역에는 딱 한 그룹만 있었다. 대학생으로 보이는 남녀 대여섯 명이 모여 있었다.

"야, 아직 불 안 붙었어? 괜히 잘난 척하지 말고 착화제를 사 올 걸 그랬네."

"누구야? 불 피우는 건 맡기라고 한 사람!"

"보통 신문지는 준비해오지 않냐?"

"그럼 네가 가져왔어야지."

투덜대는 와중에도 웃음소리가 섞인 즐거운 분위기여서 무심코 멈춰 서서 바라보았다. 한 여자가 나를 보고 고개를 갸웃거려서 얼른 시선을 피하고 걸음을 옮겼다.

한참 걷는데 오래된 안내판이 있었다. 빛은 바랬지만 글자는 읽을 수 있었다. 애초에 글자가 '까마귀산 산책길 안내도', '캠핑 구역', '아라이소 해안' 이렇게 세 개뿐이었다. 이대로 캠핑 구역을 빠져나가면 산책길이 나오는 모양이었다. 산책길이 크게 두 번 꺾이며 해안을 따라 난 길로 이어졌다.

아라이소 해안. 바다다.

역시 사진은 그날 찍은 게 분명해. 아빠가 죽은 날에.

가자. 바다까지.

7

진짜 바다

군데군데 놓인 벤치가 사라지고, 높은 풀이 우거지기 시작했다.

바다가 바로 근처에 있을 줄 알았는데 파도 소리가 들리지 않았다. 거뭇거뭇 축축한 바닥은 전혀 해안 같지 않았다. 해안은 원래 지면에 모래가 깔리고 소나무가 자라지 않나?

대학생들의 목소리도 들리지 않아 유난히 고요한 숲속을 걸었다. 초조해서 안달이 난 마음과 달리 발걸음은 느렸다. 뭘 겁내는 거지, 나?

그때 이상한 소리가 들렸다.

딱, 딱, 딱, 나무 위에서 들렸다.

딱따구리?

텔레비전에서만 봤는데, 딱따구리가 이런 데 사나? 더 높은 산에 사는 새 아닌가? 게다가 딱따구리가 구멍을 뚫는 소리는 더 속도감 있게 딱딱딱딱이었던 것 같은데.

그때 펄럭펄럭 소리가 나더니 시꺼먼 그림자가 눈앞을

가로질렀다.

"으악."

나도 모르게 비명을 질렀다. 그것은 휙 방향을 바꾸더니 내가 가려는 방향 앞에 내려앉았다.

"뭐야, 까마귀네."

희귀한 동물이 아니었다. 하긴, 이름이 까마귀산 공원이니까 까마귀가 많이 살겠지.

반질반질한 깃털 사이의 까만 눈이 나를 빤히 노려보았다. 부리가 컸다. 저 부리에 물리면 손가락이 뎅강 부러질지도 몰라.

까마귀는 길 가운데에서 나를 노려보며 꼼짝하지 않았다.

진정해, 쟤는 새잖아. 내가 움직이면 도망칠 거야.

그래도 앞으로 못 가겠다.

이마에서 땀이 흘렀다. 까마귀를 응시한 채 손으로 땀을 훔치는데, 까마귀가 몸을 돌리더니 통통통 크게 세 걸음 앞으로 걸어갔다. 그러더니 나를 돌아보았다.

"따라오라고 하는 건가?"

그럴 리 없다고 생각하면서도 걸음을 옮겼다.

까마귀와 거리가 줄어들자, 까마귀가 또 한 번 세 걸음을 걸어가더니 돌아보았다.

무섭지? 까만 눈이 심술궂게 물었다.

설마. 무서울 리가 있냐. 인간이 다가가면 까마귀는 날아서 도망치잖아. 당연히 내가 더 세지. 아까보다 빠르게 다가가자, 이번에는 펄럭펄럭 소리를 내며 날갯짓해 사라졌다.

그럼 그렇지.

안도해서 한숨이 나왔고, 곧 까마귀에게 겁을 먹은 내가 한심했다. 까마귀가 길을 안내해준다고 생각하다니 머리가 어떻게 됐나 봐.

울창한 나무가 우거진 길을 걷자 점점 불안해졌다. 사람들이 밟아 만든 길이 점차 낙엽과 잡초에 뒤덮였고, 군데군데 축축하고 질퍽거려서 걷기 힘들었다. 게다가 커다란 나무의 가지가 꺾여서 지나갈 수 없다는 듯이 길을 막았다.

"이게 뭐야."

여기 정말 산책길 맞아?

에잇, 투덜대며 나뭇가지를 걷어찼다. 나뭇가지는 꼼짝도 안 했다. 내 발만 아플 뿐이었다. 괜한 짓을 했네. 얌전히 다리를 높이 들어 타고 넘었다.

뒤를 돌아봐도 길이 구부러져서 어디에서 왔는지 잘 모르겠다. 앞을 봐도 어디로 가야 하는지 모르겠다. 그 안내판, 잘못 그려진 거 아니야? 그 지도에 따르면 길이 꺾이는 곳이 두 군데뿐이었는데. 어쩌지? 돌아갈까?

아니야, 조금만 더 가보자. 용기를 냈다. 지금 돌아가는 것도 싫었다.

다시 걷기 시작했는데, 얼마 지나지 않아 정면에 녹슨 철조망 펜스가 나타났다.

"막혔네…."

펜스를 손으로 잡고 흔들었다. 녹슬었지만 덜컹덜컹 흔들릴 정도는 아니었다. 자세히 보니 아래쪽에 철조망이 젖혀진 곳이 있었다. 설마 멧돼지가 지나가는 길인가?

펜스에서 떨어져 손에 묻은 녹을 팡팡 털었다. 손바닥에 묻은 적갈색은 바지에 닦아도 떨어지지 않았다. 원망스럽게 펜스를 노려보았다.

어쩌지. 안내판을 대충 그려놓은 게 잘못이야. 좀 알기 쉽게 그리란 말이다. 아니면 내가 뭘 놓쳤나? 표식이 있었을지도 모른다.

두리번거리며 조금 돌아가자, 길이 두 갈래로 나뉘어 있었다. 한쪽 길은 가장자리에 돌을 담처럼 쌓아놓았다. 산책길은 이쪽이었나 보다.

산책길로 가려다가 걸음을 멈췄다.

아까 펜스의 구멍을 지나가는 편이 빠르지 않을까? 똑바로 간 방향에 바다가 있을 테니까. 와타히키 씨도 슬슬 잠에서 깼을지 모른다.

펜스까지 돌아가 그 너머를 보았다. 경사가 졌지만 못 걸을 정도는 아니었다.

가자.

펜스 구멍을 빠져나와 걸었다. 거의 점프하듯이 내려갔다. 점점 속도가 붙어 다리가 저절로 움직였다. 나뭇가지나 풀잎이 다리를 마구 때렸지만 상관없었다. 공처럼 빠르게 속도가 붙자, 와아악 하고 소리를 지르고 싶었다.

"으악."

왼발이 주르륵 미끄러졌다. 허둥지둥 나뭇가지를 붙들려 했으나 늦었다. 한심하게 엉덩방아를 찧어 그대로 한 바퀴 굴렀다.

"아파."

엉덩이가 욱신욱신 아팠다. 아우, 짜증 나네. 일어날 기력도 사라졌는데, 소리가 들렸다. 자동차 소리였다. 해안가를 따라 달리는 자동차가 분명했다. 그렇다면 바다가 가까울 것이다.

기합을 넣으며 일어나 바지의 흙을 털었다. 무너진 지붕

이 보였다. 덩굴이 휘감겨 아무도 살지 않는 듯한 집 옆을 지나자 까만 아스팔트 도로가 보였다.

그러나 해냈다는 생각은 들지 않았다.

차도 너머에 있는 것은 바다가 아니라 콘크리트 벽이었다. 내 키를 훌쩍 넘는 높은 벽이 앞을 가로막았다. 회색빛 콘크리트 이외에 아무것도 보이지 않았다. 바다 따위는 보이지 않았다.

오랫동안 마음속으로 그린 바다가 있었다.

파도 소리를 들으며 친한 친구들과 바비큐를 구워 먹다가 흥분해서 "잠깐 조개 좀 캐 올게"라고 말하고 훌쩍 들어가고 싶어지는 그런 바다. 텔레비전에서 본 오키나와 바다처럼 파랗고 투명한 바다.

잔잔해 보였던 바다인데, 뭔가 좀 이상하다고 생각했을 때는 이미 늦었다. 갑자기 큰 파도에 휩쓸리거나 깊은 곳으로 빠지는데, 방심했던 몸으로는 어떻게 할 수도 없고 친구들도 장난친다고 여겨 구하러 올 생각을 하지 않는다.

아빠는 그렇게 죽은 거다.

그런 줄 알았다.

그렇다고 믿으려 했다.

뭔가 이상하다고 생각하기 시작한 건 그 사진 때문이었다. 고기를 굽는 것치고는 너무 심각하게 생각에 잠긴 표정. 불이나 고기를 보는 것 같지 않았다. 카메라가 향한 것도 알아차리지 못했다. 카메라를 든 사람이 말을 걸지는 않았을까. 여기 좀 봐, 라고. 그 말에 반응하기도 전에 셔터를 누른 듯한 그런 사진.

아니야. 지금까지도 이상하다고 생각했다. 마음속 어딘가에서. 아빠 이야기가 나오면 어른들은 나로서는 이해할 수 없는 슬픔과 분노를 보이며 갑자기 말을 끊곤 했으니까.

아빠 이야기는 '아이에게 들려줄 수 없는 이야기'였다.

우리 아빠는 자살했다.

벽은 점프해도 반대편이 보이지 않는 높이였다.

어디 벽이 끝나는 곳이 없나 주위를 둘러보는데, 오른쪽에 금속 사다리가 매달려 있었다. 반대편으로 갈 수 있는 모양이었다. 나는 뛰었다. 글자가 잔뜩 적힌 간판을 무시하고 사다리까지 갔다. 수영장 구석에 있는, 꼭대기가 구부러진 사다리 옆에 '위험. 올라가지 마시오'라고 적혀 있었다.

비틀비틀 뒤로 물러나 좀 전에 무시했던 간판의 글자를 읽었다.

※ 경고

어업권을 침해하는 행위를 하지 마시오.

다음과 같은 생물의 채집을 금함.

닭새우, 성게, 해삼, 전복, 소라, 굴….

조개를 캐면 안 된다.

누가 한 생각일까? 아빠가 조개를 캐러 바다에 들어갔다가 죽었다는 소리. 이렇게 단호하게 조개를 캐면 안 된다고 경고한 바다에서. 올라가면 안 되는 사다리를 올라가지 않는 한 갈 수 없는 바다에서.

뒤에서 인기척이 났다. 헉헉 숨소리가 거칠다. 돌아보지 않아도 누군지 알겠다.

"올라가면 안 돼."

그런 것쯤은 나도 알아. 하지만 우리 아빠는 올라갔다.

"미안. 기다린다고 해놓고 쫓아와서. 이러니까 어른을 믿지 못하겠지."

그런 소리를 자기 입으로 하는 어른은 대체 뭔데.

"거짓말처럼 들리겠지만, 너희 아버지는 올라가지 말라고 적힌 사다리를 올라갈 사람은 아니었을 거야."

발끈해서 뒤를 돌아 그를 노려보았다.

"아빠에 대해서 아무것도 모르면서 왜 그렇게 말해요?"

"그야 너희 어머니가 선택한 사람이잖아? 어머니가 그런 짓을 할 사람을 좋아했겠니?"

"하지만."

"너는 펜스 구멍으로 빠져나왔지? 빙 돌아서 제대로 된 길로 가면 나오는 곳은 여기가 아니야. 저쪽이야."

그러더니 와타히키 씨가 성큼성큼 걸었다. 왼쪽으로. 회색빛 벽이 이어졌다. 와타히키 씨의 키보다도 훨씬 더 높았다. 여기든 저기든 똑같다.

"기다려요."

내 목소리가 들리지 않는지, 와타히키 씨가 계속 걸었다. 어쩔 수 없이 나도 걸었다. 뛰어서 쫓아가지는 않았다. 보폭을 넓혀 아스팔트 길을 걷어차며 걸었다.

완만한 오르막길인지, 계속 이어질 줄 알았던 높은 콘크리트 벽이 점점 낮아지더니 내 허리까지 내려왔다. 이어서 바다도 보였다. 울퉁불퉁한 바위 가득한 해안으로 내려갈 수 있게 설치된 계단도 보였다. 그래도 바다라고 환호할 마음 따위는 전혀 없었다.

"길을 제대로 따라오면 여기에 도착해."

계단 앞에서 와타히키 씨가 뒤를 돌아보았다. 나는 그 옆을 지나 한 계단씩 발을 가지런히 모으며 내려갔다.

울통불통 시꺼먼 바위와 방파제만 잔뜩 있는 해안. 조개 껍데기 하나 없었다. 있는 건 페트병과 과자 봉지, 플라스틱 도시락 용기. 이런 데서 도시락을 먹으면 뭐가 즐겁지? 다른 데서 흘러온 쓰레기일 수도 있지만.

파도만이 반복해서 밀려와 바위와 방파제에 부딪혀 하얀 물보라를 날렸다. 철썩, 철썩. 단조로운 주문 같은 소리가 반복해서 울렸다.

"근처에 동창 집이 있어서 종종 놀러 왔어. 저 캠핑장에 간 적도 있고. 별로 붐비지 않아 놀기 좋대서. 정말 사람은 적은데 까마귀 무리가 고기를 노리고 오니까 무섭더라. 불을 무서워할 줄 알았는데 고기만 잽싸게 낚아채더라고."

관심도 없는 소리를 늘어놓는 와타히키 씨를 막았다.

"똑같잖아요. 아까 그 벽을 넘어서 가는 거나 여기에서 바다에 들어가는 거나. 여기에서 조개를 캘 수 있을 것 같아요? 어느 쪽이든 아빠는 죽을 생각이었어."

모래사장은 걷기 힘들고 파도는 거칠어서 헤엄치지도 못한다. 뉴스에서 본 조개잡이 하는 바다와는 전혀 다르다.

다들 나한테 거짓말을 했다. 내게 비밀로 했다.

아빠는 엄마랑 나를 두고 자살했다.

어째서, 어째서, 어째서.

행복하지 않았어? 엄마랑 내가 있었는데, 대체 왜?

나는 아무래도 상관없었어? 엄마도?

"아빠 이야기, 뭐라고 하시든?"

"…다 같이 바비큐를 구워 먹으러 갔는데 아빠가 조개를 캐 오겠다고 하고는 물에 빠져 죽었다고요. 내가 어리다고 그딴 거짓말을…."

목이 꽉 막혔다. 울 것 같아.

지금껏 믿었는데.

"거짓말이 아닐지도 몰라. 조개를 캐겠다고 고집을 부렸을 수도 있어. 정말 조개를 캐려고 했다가 깊은 곳에 떨어졌을지도 모르고. 수영장에서는 헤엄칠 줄 아는 사람도 바다에선 헤엄을 못 치기도 하거든."

고집을 부렸다고? 나처럼?

내가 고집을 부린 건 아빠 때문이었다. 아빠의 바다를 보고 싶었으니까.

아빠는 대체 왜 그렇게 바다를 보고 싶어 했을까.

이 사람까지 나를 속이려고 해. 나랑 아무 상관도 없는, 그냥 센터장이면서. 그것도 센터장도 아니라 대리인 주제에.

이런 사람 앞에서 울지 않을 거야.

방파제 위로 기어올라가 앞으로 걸어갔다. 파도가 부딪히는 곳으로.

물보라가 얼굴에 닿았다. 파도 소리가 울음소리를 지워주었다.

파도 건너편에 수평선이 펼쳐졌다.

바다와 하늘뿐이었다. 내 몸이 너무도 작게 느껴졌다.

이 앞으로, 저 너머로 아빠가 가버렸다.

한 번쯤은 돌아봤을까? 돌아가려고 생각했을까?

"히로키, 더 가면 위험해."

어느새 와타히키 씨가 바로 뒤에 서 있었다.

"나도 알아요!"

그런 짓을 하면 엄마가 슬퍼한다. 나는 죽고 싶지 않다.

아빠는 왜 가버렸을까.

아무리 생각해도 모르겠다. 파도는 아무것도 알려주지 않는다.

"아빠 이야기, 엄마한테 들었어요?"

"아니…. 소문이란 게 생각보다 끈질기게 남거든. 그것도 이상하게 부풀거나 사실이 아닌 소문일수록 남아. 게다가 십 년 전에 친구가 경찰차랑 구급차가 와서 난리였다고 말했던 게 생각났어."

이런 사람도 아는데 나만 몰랐다. 그게 참을 수 없이 분했다.

"이런 데 오지 말 걸 그랬어."

"…그래."

"우리 아빠는 촐랑대는 사람이라 조개를 캐러 간다고 했으면서 멍청해서, 그래서 물에 빠져 죽었어야 했어."

그게 나았다. 나와 엄마를 두고 자기 혼자 죽어버린 것보다.

"그래도…."

뭐라고 말하려다가 입을 다무는 와타히키 씨의 얼굴에 심각한 표정을 한 사진 속 아빠의 얼굴이 겹쳐졌다. 하나도 안 닮았는데.

"그래도 죽을 생각으로 오신 건 아닐 거야. 사실이 어떤지는 모르잖아."

"…오는 게 아니었어."

오는 게 아니었다. 아마 나는 처음부터 알고 있었을 거다. 그런데도 오고 말았다.

"그만 가자."

말 안 해도 갈 거다. 이미 충분했다.

다시 한번 바다를 보았다. 머릿속에서 깡그리 지우고 싶은데, 한편으로는 눈에 깊이 새겨두려는 것처럼.

히로키. 와타히키 씨가 조심스럽게 나를 불렀다.

돌아갈 거야. 나는 돌아가야 해.

와타히키 씨가 조금 앞서서 걸었다. 내가 쫓아오는지 돌아보고 확인하지도 않고 중얼중얼 말했다. 혼잣말처럼.

"우리 집은 대대로 어부 집안이어서 아는 사람 중에도 어부가 많아. 바다에서 죽은 사람도 있어. 그러면 악천후라 사고를 당했다고 생각하기 쉬운데, 날씨가 좋은 날이라도 기재에 끼거나 추락하는 사고는 언제 일어날지 몰라. 그 방파제도 방심할 게 못 돼. 일단 틈에 빠지면 빠져나갈 방법이 없거든. 수면으로 나가고 싶은데 점점 깊이 빠져버려. 나는 헤엄도 잘 못 치고 뱃멀미가 심해서 어부는 되지 못했지만, 바다에 마력이 있다는 건 알아."

바비큐 구역에서 고기 굽는 냄새가 났다. 그 대학생들이다. 무사히 불을 지폈나 보다. 여길 지나간 게 굉장히 옛날 같았다.

배가 꼬르륵 울렸다. 이럴 때도 배가 고프다니 신기했다. 와타히키 씨한테 들리지 않았기를.

"…저기, '방심할 게'라는 건 습관이에요?"

"방심할 게가 습관?"

"아까 방파제 보고 방심할 게 못 된다고 했잖아요. 라면을 먹을 때도 그랬어요. 녹말은 방심할 게 못 된다고."

"앗, 그런 말을 했나? 혹시 기분 나빴어? 녹말이랑 똑같이 취급해서?"

아니라고 고개를 저었다.

세이류켄에서 처음 만났을 때 느꼈던 짜증은 완전히 사라졌다. 엄마가 여기 있었다면 또 다를지도 모르지만.

주차장에 하얀 차가 보여 안심했다. 마침내 악몽에서 도망친 것 같아서.

그러나 꿈이 아니었다. 내 귀에는 철썩철썩 파도 소리가 남았다. 배 속에서 떠밀려 올라오는 듯한 울림을 기억한다.

차 안에 열기가 고여 밖보다 더웠다. 와타히키 씨가 창문을 활짝 열고 에어컨을 세게 틀었다. 티셔츠를 펄럭거리는데 옆에서 와타히키 씨도 똑같이 했다.

"배고프네. 같이 좀 가자."

엄마랑 같이 있을 때보다 말투가 되게 건방졌다.

내가 발끈하거나 말거나, 와타히키 씨는 스마트폰을 꺼내 어딘가에 전화했다.

"응, 난데, 아는 사람이랑 우연히 만났는데 아직 점심을 안 먹었다고 하거든. 뭐 좀 먹을 수 있을까? 응, 부탁해. 다음에 보답할게. 십오 분 후에 도착할 거야."

상대가 누군지는 모르지만 '나'라고 편하게 말할 수 있는 상대였다. 엄마랑 말했을 때는 '저'라고 했었다. 그보다 나, 점심 먹겠다는 소리 안 했는데?

좋아, 가자. 와타히키 씨가 중얼거리더니, 내 대답을 기다리지 않고 페달을 밟았다.

잠시 달리자 내가 지쳐서 해롱거리던 곳을 지났다. 차로는 허무하게 가까운 거리였다.

익숙하지 않은 길을 지나고 교차로를 돌아 낡고 넓은 집 앞에 섰다.

"자, 도착."

평범한 집은 아닌데 아무리 봐도 레스토랑 같지도 않았다.

"여기 어디예요?"

"내 본가. 여동생이 민박집을 해. 아버지랑 여동생 남편이 어부여서 생선 요리만 나오지만. 설마 생선을 싫어하진 않겠지?"

내 대답을 듣지도 않고 와타히키 씨가 덜컹덜컹 문을 열고 들어갔다. 조금 늦게 나도 따라갔는데, 그곳은 식당이었다. 네 명이 앉을 수 있는 탁자가 있고, 오른쪽은 신발을 벗고 앉는 마루였다.

"어서 오… 어머!"

갈색 머리를 뒤로 묶은 여자가 나를 보고 굳었다. 이 사람이 와타히키 씨의 여동생이겠지.

긴장한 얼굴을 보고 나는 내 상태를 확인했다. 옷이 지저분했다. 집 안에 들이기 싫을 정도로 엉망은 아닌데.

"아는 사람이… 어린애면 미리 말해줘야지. 곤란하잖아."

여동생이 와타히키 씨를 노려보며 화를 냈다. 옷이 문제가 아닌 모양이었다.

"초등학교 6학년이야. 거의 어른이지, 뭐."

"오빠 6학년 때를 생각해봐. 고기, 고기, 고기, 맨날 고기만 먹었으면서. 어쩌지. 눈매퉁이라는 생선으로 튀김을 만들 건데, 괜찮니?"

그렇다는 대답 말고는 받아들이지 않겠다는 압박을 느꼈다.

"네, 튀김 좋아해요."

정확히는 닭튀김을 좋아하지만.

"뭐, 지금 함박스테이크를 만들어달라고 해도 못 하지만. 지금 막 눈매퉁이가 들어왔거든. 이거 봐."

보라면서 내민 소쿠리 위에 유난히 눈이 크고 번쩍번쩍 빛나는 길고 가느다란 생선이 몇 마리나 놓여 있었다.

"으악…."

슬금슬금 뒤로 물러난 내게 아줌마가 아무렇지 않게 말했다.

"어때, 맛있어 보이지? 그나저나 땀범벅이네."

그러면서 얼굴을 찌푸렸다. 코를 킁킁거리는 걸 보니 땀 냄새도 심한가 보다. 걱정되어 냄새를 맡아보았지만 나는 잘 모르겠다.

"밥 차릴 때까지 씻고 오렴. 옷도 빨아줄게. 먹는 동안에 마를 거야. 건조기도 있으니까."

"하지만…."

옷을 빨면 마를 때까지 알몸으로 있으라고? 그럴 순 없다.

"그때까지 입고 있을 실내복도 빌려줄게. 바지도 진흙이 잔뜩 묻었네. 그런 차림으로 돌아다니면 붙잡힐 거야."

붙잡히다니 누구한테? 잘 모르겠지만 말을 안 들으면 큰일 날 정도로 박력이 넘쳤다.

이리 오라면서 성큼성큼 걸어가는 아줌마 뒤를 조금 떨어져서 쫓아갔다.

어두컴컴하지만 깔끔하게 청소된 복도 끝에 '탕'이라고

적힌 천이 달려 있었다. 천을 지나자 좌우로 문이 있는데 왼쪽이 남탕, 오른쪽이 여탕이었다. 당연히 왼쪽으로 갔다.

"맞다. 아직 탕에 물을 못 받았으니까 샤워로 참아주렴. 이거 실내복이랑 수건. 기다릴 테니까 옷 벗으면 건네줘."

아줌마가 찬장에서 바지런히 실내복과 수건을 꺼내 내 품에 안기고, 나를 안으로 들여보내고는 유리문을 덜컹덜컹 닫았다. 이제 거절할 수 없다. 나는 티셔츠와 바지를 벗어 문을 살짝 열고 "감사합니다" 하고 내밀었다.

"더 있잖아?"

"네?"

설마 팬티도? 실내복은 있어도 팬티는 없는데.

"얼른 안 주면 문 열 거다?"

으악, 잠깐만.

나는 허둥지둥 팬티를 벗어 작게 뭉쳐서 내밀었다. 그러나 내 노력도 허무하게 아줌마는 내 손에서 팬티를 빼앗아 가더니 티셔츠 위에 척 올려놓았다.

"좋아. 자, 시원하게 씻으렴."

네, 작게 대답하고 욕실로 들어갔다. 집 욕실보다는 훨씬 큰데 대형 목욕시설과 비교하면 한참 작았다. 샤워기가 좌우에 두 개씩 있었고, 입구 옆에 노란 대야가 쌓여 있었다.

바로 앞에 있는 샤워기를 쓰려고 꼭지를 돌리자, 금방 더운 물이 나왔다. 눈을 감고 머리부터 물을 맞자, 으아아 하고 저절로 한숨이 나올 정도로 기분이 좋았다. 아줌마가 시키는 대로 하길 잘했다고 진심으로 생각했다.

　샤워해서 시원해진 건 좋은데 이 실내복이 영 불편했다. 어른용인지 너무 크고, 팬티를 안 입어서 근질근질했다.
　복도를 지나 식당으로 가자, 아줌마가 바로 말을 걸었다.
　"마침 딱 왔네. 지금 막 차렸어. 자, 얼른 앉으렴."
　튀김과 된장국의 맛있는 냄새에 자극받아 배가 꼬르륵거렸다. 당황해서 와타히키 씨를 봤는데, 시치미를 뚝 떼고 보리차를 컵에 따르고 있어서 나도 아무 말 없이 맞은편에 앉았다. 틀림없이 들렸겠지.
　"자, 여행객님. 이렇게 오신 것을 환영합니다. 잠시 푹 쉬었다 가십시오."
　아줌마가 연극처럼 말하고 쟁반을 가지고 왔다.
　뭐야, 이건. 남매가 나란히 게임을 좋아하나?
　내 앞에 놓인 쟁반에는 채 친 양배추와 토마토를 곁들인 눈매퉁이 튀김과 톳 조림, 된장국, 고봉밥과 절임이 담겼다. 양도 박력 넘쳤다.

똑같은 것이 와타히키 씨 앞에도 척 놓였다. 된장국이 넘칠 정도로 거친 손놀림이었다.

"오오, 고마워. 잘 먹겠습니다."

나와 취급이 전혀 다른데 알아차리지 못했나 보다. 싱글벙글 먹기 시작했다. 그러고 보니 이 사람은 먹을 때 정말 행복한 표정이다. 라면을 먹을 때도 그랬지.

잘 먹겠습니다. 인사하고 접시에 놓인 튀김을 뚫어지게 살폈다. 그 커다란 눈이 그대로 있었다. 이제 빛나지는 않았다. 급식 때 나오는 열빙어 튀김처럼 머리부터 먹어야 하나? 눈매퉁이 눈알은 열빙어의 몇십 배는 큰 것 같은데.

일단 한 마리에 소스를 묻혔다. 소스 맛으로 어떻게든 속일 수 있을까? 레몬은 시니까 뿌리지 않았다. 와타히키 씨는 레몬파였다. 흥, 어른인 척하기는. 어른이니까 당연한가. 게다가 머리부터 야금야금 먹었다.

역시 머리부터 먹어야 하나.

이 눈알도 먹어야 해? 쓰면 어떡하지. 머리를 떼고 먹으면 안 되나.

아줌마가 나를 물끄러미 바라보았다. 머리를 남기면 잔소리를 할 것 같았다.

어쩔 수 없다. 각오하고 깨물자 바삭 소리가 났다.

"어?"

그 커다란 눈알이 어디 갔을까? 하나도 안 쓰고 이상한 맛도 안 났다. 아니, 그게 아니라….

"왜?"

와타히키 씨가 나를 바라보았다.

"맛있어요."

가시도 있을 텐데 부드러워서 있는 줄도 모르겠다. 비린 내도 안 나서 소스를 뿌리지 않아도 괜찮겠다.

나와 와타히키 씨의 대화를 듣고 아줌마가 끼어들었다.

"혹시 눈매퉁이 처음 먹니? 아니면 아줌마 요리 솜씨가 좋아서 지금까지 먹어본 것과 비교도 안 되게 맛있게 느껴진 건가? 지금 계절에는 잘 안 잡히는 고기야. 사실은 10월이 제철이거든."

대충 고개를 끄덕이며 먹었다.

미안한데 무슨 소린지 안 들린다. 톳 조림은 달짝지근하고 절임은 짭조름해서 밥이 자꾸자꾸 들어갔다.

"너무 말라서 걱정했는데 먹성이 아주 좋네. 마음에 들어."

밥공기에 담긴 밥을 거의 다 먹었다. 앞으로 두 번 더 먹으면 된다.

남기면 화를 낼까? 조금만 더 먹으면 되잖니. 이러면서?

음, 이렇게 됐으니까 다 먹자.

우물거리며 아줌마를 보자 착하다며 고개를 끄덕였다.

"디저트로 아이스크림 먹을래?"

꿀꺽, 밥을 삼키고 대답했다.

"잘 먹겠습니다."

아이스크림은 들어가. 그건 다른 배야.

"아카네, 나도."

"오빠는 안 돼. 이젠 옆으로만 성장하잖아."

아주 신랄하게 말한다. 아줌마는 원래 그런 사람인가 보다. 익숙한지 와타히키 씨는 전혀 상처받지 않았다. 시민센터에서 할아버지나 할머니한테 인기가 있다고 들었는데, 혹시 이렇게 놀림이나 당한 거 아니야?

배가 빵빵해진 채로 식당의 벽시계를 보자 두 시가 넘었다.

슬슬 돌아가야 했다. 버스 정류장, 여기에서 멀까?

"저기, 버스 정류장까지 태워다주실 수 있어요?"

와타히키 씨에게 조심스럽게 물었다.

여기가 어딘지 모른다. 버스 정류장까지는 태워달라고 해야 했다. 옷도 갈아입어야 했다. 실내복을 입고 갈 순 없었다.

"그렇지. 버스로 왔지? 버스는 한 시간에 한 대밖에 없어.

역에서 갈아타야 하고."

그건 알아. 올 때도 그렇게 했으니까.

와타히키 씨가 하려는 말이 뭔지 몰라 가만히 있는데, 와타히키 씨도 가만히 나를 바라보았다.

부탁한다고 말하려는데, 와타히키 씨가 먼저 입을 열었다.

"데려다줄게."

"네?"

"집까지 데려다준다고. 나도 슬슬 집에 갈 거니까."

"하지만…."

"무사히 집에 갔는지 걱정하느니 데려다주는 게 마음이 편해. 무슨 일이 생기면 어머니께 죄송하니까. 반드시 혼자서 가겠다면 네가 버스에 탄 걸 확인하고 바로 어머니께 연락할 거다."

"그거 협박이잖아요."

"너는 어린애고 나는 어른이니까."

와타히키 씨가 단호하게 말했다. 반론의 여지가 없었다. 나는 어쩔 수 없이 고개를 끄덕였다.

이번 계획은 아라타가 세워준 거였으니까 나는 아무 생각이 없었다. 결국 전부 남에게 의지했다. 뒤늦게 고집을 부려봤자 소용없었다. 그보다 엄마에게 오늘 일을 들키고 싶지 않았다.

"그럼 엄마한테 비밀로 해줄 거예요?"

"그래."

나를 지그시 바라보며 와타히키 씨가 대답했다.

다른 어른이라면 비밀로 해준다고 하고 몰래 연락할 게 뻔했다. 하지만 이 사람이라면 정말로 비밀로 해줄 것 같았다.

"고맙습니다."

꾸벅 고개를 숙였다.

"아카네, 슬슬 갈게."

와타히키 씨가 안에 대고 말을 걸자, 아줌마가 슬리퍼 소리를 내며 나왔다. 내 옷도 들고 왔다. 감사 인사를 하고, 비누 냄새가 나는 옷을 받아 탈의실에서 갈아입고 실내복을 반납했다.

"정말 고맙습니다."

꾸벅 고개를 숙였다. 샤워에 밥에 실내복에 빨래. 폐만 끼쳤는데 아줌마는 전혀 싫어하지 않았다.

"이제 곧 여름방학이지? 해수욕하러 오니? 우리 집에도 또 와주렴. 맛있는 거 만들어줄게. 잘 먹고 살이 더 쪄야지."

아줌마가 서슴없이 내 팔을 붙잡았다. 아파.

"생선 요리밖에 없지만."

"그게 어때서? 우리 집 생선은 슈퍼에서 파는 거랑 전혀 다르거든."

둘의 대화를 듣는데 엄마 생각이 났다. 엄마를 되게 오래 못 본 것만 같았다.

엄마, 지금 뭐 하고 있을까? 내가 이런 데 와 있는 줄은 상상도 못 하겠지.

조심히 가라고 손을 흔드는 아줌마를 뒤로하고 차에 탔다.

"시끄러웠지? 나는 익숙하지만."

"아니, 괜찮았어요."

와타히키 씨와 나, 아무리 봐도 이상한 조합인데 아줌마는 아무것도 묻지 않았다. 게다가 미묘한 침묵도 없어서 있는 내내 편했다. 신기했다.

"그래? 그러고 보니 어머니랑 좀 비슷한 것 같다. 요리를 좋아하고 남을 잘 돌보는 점이."

그 어머니가 우리 엄마라는 걸 알기까지 잠깐 시간이 걸렸다.

엄마 얘기, 이러쿵저러쿵하지 마. 얼마 전까지만 해도 이렇게 잔뜩 뿔이 났을 텐데 지금은 편하게 들을 수 있었다.

"뭐, 엄마도 되게 시끄러워요."

그래? 그런가. 와타히키 씨가 앞을 본 채 흐음 하고 고개를 끄덕였다. 잠시 후, 목소리가 갑자기 진지해졌다.

"그런데 어쩌다가 그 캠핑장을 알았어?"

역시 궁금하겠지.

나는 잠깐 망설이다가 대답했다.

"사진을 발견했어요. 이모부 집 창고에 있던 오래된 '우쓰룬데스'라는 카메라에서 현상한 사진. 아빠도 찍혀 있고 까마귀산 공원 간판이 있었으니까, 친구가 조사해줘서…."

차가 부드럽게 달렸다. 반대로 내 이야기는 종잡을 수 없었다.

"그 사진, 보여줄 수 있니?"

나는 가방에서 사진이 담긴 봉투를 꺼냈다. 와타히키 씨가 길가에 차를 세우고 봉투를 받았다.

처음부터 한 장 한 장 천천히 넘기다가 마지막 사진에 멈췄다.

조금 자란 수염을 만지는 것처럼 턱에 손을 대고 잠깐 생각에 잠겼다가 내게 물었다.

"이 사진, 아직 어머니께 보여드리지 않았지?"

나는 고개를 끄덕이며 와타히키 씨가 쥔 사진을 들여다보았다.

왼쪽 끝에 선 아빠가 웃고 있었다.

보는 사람까지 기분이 좋아질, 자연스럽고 환한 미소.

"어젯밤에 이 사진을 처음 봤을 때는 치사하다고 생각했어요."

"치사하다고?"

"나만 기억을 못 하니까. 이때 일."

나만 따돌림을 당한 것 같아서 분했다. 그래서 혼자 이곳에 가고야 말겠다고 생각했다.

"너만 기억 못 하는 게 아닐지도 몰라. 이 사진을 어른들에게 보여드려. 이렇게 즐거운 시간이 있었던 걸 떠올리게 도와줘야 하지 않을까?"

"오히려 슬퍼할지도 몰라요."

와타히키 씨가 사진을 조심스럽게 봉투에 담아 내게 돌려주었다.

"그럴지도 모르겠지만."

뭐야, 너무 무책임하잖아.

어이없어하는 나를 무시하고 와타히키 씨가 가속페달을 밟아 차를 출발시켰다.

"어떻게 할지는 네 선택이야."

익숙한 동네가 가까워졌다.

"…바다에서 수영한 적 있니?"

나는 고개를 저었다.

바다에 가고 싶다는 소리, 엄마한테 절대 못 한다.

"수영장이랑 다르게 바다에는 벽이 없어. 끝없이 이어지고 갑자기 깊어지고, 나도 모르게 앞바다로 휩쓸려가고 맛도 짜지. 그래도 좋아. 아주 거대한 것의 품에 둥둥 떠 있으면 무서운데 왠지 안심돼. 생명이 탄생한 곳이기 때문일지도 모르겠다."

무서운데 안심된다니 좀 이상했다. 어쩌면 아빠는 그런 기분을 느끼고 싶어서 바다를 향해 걸어갔을까. 그리고 그런 기분을 느꼈을까?

내가 가만히 있자, 와타히키 씨가 갑자기 쑥스러운 듯이 머리를 벅벅 긁고 말했다.

"이상한 소리를 했네. 만약 헤엄치고 싶으면 데려가줄게. 어부는 못 됐어도 그 정도는 할 수 있어."

"수영 잘 못 한다면서요?"

"인명구조 요원이 있는 곳으로 데려갈 거야. 이 근처에도 가족이 놀러 갈 만한 잔잔한 해변이 있거든. 그런 곳이라면 나도 그럭저럭 헤엄칠 수 있어."

그럭저럭이 어느 정돈데.

속으로 핀잔을 주면서도, 와타히키 씨와 나누는 대화가 즐거워서 놀랐다. 그렇게 마음에 안 들었던 대리남인데.

초등학교를 지나 통학로를 따라 집으로 갔다. 늘 걸어 다니는 길을 차로 가니까 왠지 이상했다. 교차로를 돌면 곧 우리 집이었다.

그러나 와타히키 씨는 우리 집이 아직 보이지 않는 곳에서 차를 세웠다.

"여기에서 내려. 혹시라도 들키면 안 되잖아?"

나를 보며 피식 웃었다.

이 사람은 진지하고 따분한 대리남이 아니라 신뢰할 수 있는 여행 동료였다.

오늘 일을 어떻게 할지는 전부 내게 달렸다.

"잘 가."

"고맙습니다."

문을 닫으며 한 내 말이 들렸을까? 들렸으면 좋겠다. 들렸을 거야.

하얀 차는 금세 사라졌다.

8

여행의 끝

문을 열고 집에 들어가자 후덥지근한 열기가 꽉 차서 숨이 막혔다. 가방을 거의 내동댕이치듯 내려놓고 얼른 베란다 창을 활짝 열었다.

집 안으로 눈을 돌리는데 문득 방이 좁아진 느낌이었다. 바닥에 대자로 누워 천장을 올려다보았다. 형광등 갓도, 축 늘어진 끈도 똑같다. 당연하다. 며칠이나 집을 비운 게 아니니까.

엄마는 아무것도 모른다. 오늘 내가 어디에 갔는지. 뭘 봤는지.

내가 입을 다물면 전부 지금과 똑같다.

아빠 이야기가 나와도 계속 말하지 못하는 것도 똑같다. 달라진 점은 아빠가 죽은 바다를 내가 본 것뿐이다.

아니면 전부 말할까?

혼자 바다에 갔다고. 그걸 말하려면 이모부 가게의 창고에서 멋대로 '우쓰룬데스'를 꺼낸 이야기부터 시작해야 한다.

몰랐다면 이렇게 고민할 일도 없었다. 그러나 몰랐던 때로는 이제 돌아갈 수 없다.

아빠는 생각하지 못했을까. 남겨진 사람들이 어떤 마음일지.

생각하지도 못할 정도로 죽고 싶었을까.

뭐가 그렇게 고통스러웠어? 나는 죽을 정도의 고통을 모른다.

파도 소리가 귓가에 되살아났다.

방파제에 부서지는 파도와 멀리 보이는 수평선.

나는 그 너머로는 가지 않아. 무슨 일이 있어도. 하지만 아빠는 갔다.

사진 속의 심각한 옆얼굴이 떠올랐다. 그 시선 너머에 있는 것은 바다다.

가면 안 된다고 누가 말해줬다면 아빠는 되돌아왔을까?

그런 생각에 잠겨 있을 때, 전화가 울렸다.

파도 소리가 멀어지고 전자음이 시끄럽게 울렸다. 전자음을 막으려고 얼른 전화기를 들었다. 엄마 목소리가 들렸다.

"오늘 다카토시 이모부가 다 같이 저녁 먹자고 했어. 어떠니?"

머릿속에 남은 아빠의 환상을 쫓아내고 생각했다. 다 같이 저녁.

"괜찮은데."

별로 안 괜찮은 것 같기도 했다. 하지만 안 간다고 하면 이유를 물어볼 것이다.

"그럼 여섯 시쯤 다카노 전기로 와."

"알았어."

대답하자 바로 전화가 끊겼다. 엄마 목소리 너머로 상점가의 시끌벅적한 소리가 들렸다. 왠지 그리웠다. 고작 하루인데 아주 먼 곳에서 돌아온 것 같았다.

바닥에 널브러진 가방을 봤다. 그 안에는 사진이 담긴 봉투가 여전히 들어 있었다.

엄마, 이모부, 이모.

도대체 어떤 얼굴로 봐야 하지?

모두와 만나기 전까지 마음을 정해야 한다.

오늘 내가 한 것, 본 것, 안 것. 전부 말할 것인가, 말 것인가.

다섯 시 오십 분에 집에서 나왔다. 밖은 아직 환하고 여전히 더웠다. 자전거를 있는 힘껏 몰면 바람이 생기지만 땀도 난다. 그래도 오늘은 헬멧을 챙겨 썼다.

다카노 전기 주차장 구석에 자전거를 세우고 헬멧을 벗

자, 머리가 해방된 것처럼 시원했다.

이모부가 낡은 세탁기 옆에 쪼그려 앉아 일하고 있었다. 굽은 등이 왠지 작아 보였다. 놀라서 멈춰 섰다. 인기척을 느꼈는지 이모부가 돌아보고 일어났다.

정면으로 마주 보는 모양이 되어 당황했다. 아직 마음이 이랬다저랬다 흔들리는데.

이모부와는 침낭을 전해주러 온 날 이후 처음 본다.

뭐라고 하면 돼? 그냥 인사해?

갈팡질팡하는데, 이모부가 먼저 시선을 피하더니 자전거 바구니에 든 헬멧을 보고 말했다.

"오늘은 잘 쓰고 왔네."

목소리에 힘이 없는 것 같은데 기분 탓인가?

그래도 하는 말은 평소와 같았다. 나도 평소처럼 굴어야지.

"안 쓰면 화내잖아."

"화를 내니까 쓰는 게 아니라 위험하니까 써야지."

평소처럼 말했는지 불안했는데, 이모부의 반응은 그냥 평범했다. 괜찮았나 보다.

"그래도 중학생이 되면 안 써도 된대. 겨우 일 년 차이인데. 되게 이상하지 않아?"

"중학생이 되면 버스나 전철도 갑자기 어른 요금이 되지.

응? 그 짐은 뭐냐? 게임이라도 가지고 왔어?"

내가 멘 가방을 이모부가 의아한 듯 보았다. 밥만 먹는데 가방이 너무 컸다.

"응, 뭐."

"그럼 그건 거기에 놔둬. 우리는 장을 보고 오라는 지령을 받았어."

네. 대답하고 가방을 가게 계산대 옆에 놓았다. 밖으로 나오자 이모부가 문을 잠갔다.

"가게 벌써 닫아도 돼?"

이모부는 대답하는 대신 유리문에 붙인 종이를 가리켰다.

잠깐 외출 중입니다. 용건이 있으신 분은 휴대폰으로 연락해주세요.

"이렇게 해놔도 전화가 온 적은 지금까지 한 번도 없었어."

장사하는 사람이 그래도 됩니까.

이모부가 운전하는 차를 타고 슈퍼로 갔다.

"뭐 사?"

"마실 거랑 고기. 오늘 밤은 고기 구울 거야."

고기, 고기, 고기, 맨날 고기만 먹었으면서.

와카히키 씨와 여동생의 대화가 생각나 웃음이 나왔다.

"응? 뭘 히히 웃어? 좋은 일이라도 있었냐?"

좋은 일?

좋은 일이 아니라 최악이었지만, 하고 생각하다가 다시 되짚었다.

좋은 일이 없었나?

잔뜩 지쳐서 걷다가 와타히키 씨의 차를 얻어 탔고, 그 바다를 보며 최악의 기분으로 울었다. 하필이면 와타히키 씨 앞에서.

그래도 와타히키 씨 앞이었으니까 울었을지도 몰라. 엄마 앞이었다면 울 수 없었겠지. 그런 다음에 밥도 든든히 먹었고, 지금 이렇게 다시 떠올리며 웃기도 한다.

쓸쓸했던 그 기분이 전부 사라진 건 아니었지만. 아니, 아마 평생 사라지지 않을 테지만.

"별로."

전부 다 좋았다고는 할 수 없었다. 그래도 최악은 아니었다.

앞으로도 나는 즐거울 때는 웃고, 맛있는 음식을 먹으면 만족스러운 한숨을 쉬겠지.

나는 살아 있으니까.

"흠. 학교에서 자니까 어땠냐? 잘 못 잤지? 에어컨도 없으니까.”

이모부가 ‘학교에서 숙박하자’ 이야기를 하는 걸 알고 나는 머릿속을 전환했다. 학교에서 잔 게 아주 오래전에 있었던 일 같았다.

“응, 뭐… 거의 못 잤어.”

“그렇지? 수학여행이나 마찬가지니까 잘 리가 없지. 뭐, 자세한 이야기는 나중에 들려줘라. 뭐 마실래?”

“콜라!”

“그럼 마시고 싶은 만큼 가지고 와.”

차가운 1.5리터 콜라 페트병을 가져와 이모부가 미는 카트에 담았다. 카트에는 어느새 맥주와 탄산 소주가 잔뜩 담겨 있었다.

“좋아, 다음은 고기다.”

이모부는 소고기, 돼지고기, 닭 날개 등 각종 고기 팩을 잔뜩 담으며 돌아다녔다.

“잠깐만. 나 프랑크 소시지 먹고 싶어. 꼬치에 꽂힌 거.”

“굳이 꽂혀 있어야 해?”

“집에서는 못 먹으니까.”

“어쩔 수 없네. 가지고 와.”

평소처럼 내게 약한 이모부다. 왠지 가슴이 뭉클해져서

나는 얼른 프랑크 소시지를 가지러 갔다.

내가 프랑크 소시지를 찾는 동안, 이모부는 똑똑하게 계산대의 긴 줄에 섰다. 카트에 프랑크 소시지를 넣고 이모부 옆에 섰다.

우리 앞에는 어른 여자와 어린 여자애가 나란히 서 있었다. 엄마랑 딸이겠지?

나와 이모부도 다른 사람이 보면 아빠랑 아들로 보일지도 모른다. 그런 생각을 하며 천천히 움직이는 줄을 같이 걸었다.

"많이도 샀네."

빈 상자를 받아 장 본 것들을 담았는데 상자가 두 개나 됐다. 이모부가 당연하다는 듯이 음료를 넣은 무거운 상자를 들었다. 직업상 무거운 물건을 드는 게 익숙해서인지 가뿐하게 날랐다.

저 정도는 나도 들 수 있다고 생각했는데, 가벼운 상자도 들고 걷기 힘들어서 뒤처지지 않으려고 고생했다.

뒷좌석에 상자를 놓고 조수석으로 왔다. 이모부는 상자가 쏟아지지 않도록 확인한 후 운전석에 탔다.

차가 부드럽게 움직였다. 이모부는 뭐든 대충하는 성격

인데 운전은 신중했다. 항상 중요한 상품을 배달하니까 그런가 보다.

"너도 벌써 중학생이네."

나직이 하는 이모부의 말에 나도 모르게 웃었다.

"아직 한참 멀었어."

아직 2학기도 남았고, 겨울방학도 남았다. 아까 자전거 헬멧 이야기가 아직 이어지나 보다.

"부모가 모르는 곳에서 많은 걸 하고, 많은 걸 알게 되고…."

움찔했다.

설마 이모부, 오늘 일을 알아? 아침에 내가 탄 버스 옆을 이모부의 트럭이 지나갔었지. 그때 봤나?

"무슨 일이든 해도 돼. 엄마가 반대하는 일이라도 네가 꼭 하고 싶다면 내가 편을 들어줄 테니까. 엄마들은 원래 걱정이 많으니까. 그래도."

그래도?

숨을 죽이고 다음 말을 기다렸다.

"히로키, 너 엄마한테 1고에 가서 도쿄대에 가겠다고 했다며?"

엄마가 유리코 이모에게 말했고 그게 이모부에게 전해진 건가.

이런 식으로 자기들끼리 전달 게임을 하는 거 좀 화난다. 그래서 부루퉁하게 대답했다.

"했는데, 그게 왜?"

"내가 괜한 소리를 한 거 아니냐고 따지더라고. 히로키… 너희 아빠는 1고를 나와서 도쿄대에 가서 변호사가 되려고 했어."

"설마."

가볍게 한 말인데 아빠가 걸었던 길과 똑같다니. 그래서 엄마가 그렇게 놀랐구나.

"도쿄에서 취직하고 결혼해서 네가 태어나고… 그래도 변호사를 꿈꾸며 일하면서 공부를 했어. 일만 해도 힘들 텐데. 유리코 말이 요즘 기운이 없어 보인다는 거야. 그래서 가끔은 고향에 내려와 기분 전환 좀 하라고 제안했어. 그날."

그날. 바비큐를 구운 날.

이모부가 길가에 차를 세웠다. 핸들을 쥔 손이 하얘질 정도로 힘을 주고, 앞 유리를 노려봤다.

"바비큐를 해서 먹은 후에 네 엄마가 졸기 시작했어. 너를 키우느라 지쳤을 테니까 네 아빠 히로미가 좀 재우자고 하더라고. 그래서 유리코가 너를 안고, 남자들끼리 뒷정리를 했지. 돌아가려면 운전해야 하니까 내가 잠깐 낮잠을 자겠다고 했더니, 네 아빠는 잠이 안 오니까 바다를 보러 간다고 했어. 그래서 히로키한테 조개껍데기라도 주워다 주라고 했어. 나한테는 살 붙은 녀석을 달라고 하고, 혼자 보냈어. 그러고 느긋하게 낮잠이나 잤지. 그런 말, 하지 말았어야 했어. 그 녀석을 혼자 보내면 안 됐어."

아하, 그래서 '조개를 캐러 간다'였구나.

고개를 숙인 이모부를 바라보며 나는 중요하지 않은 걸 생각했다.

낮잠을 자고 일어나 돌아가려고 했는데 아빠가 돌아오지 않아서 허둥거렸을 것이다. 불길한 예감을 떨치려고 이모부가 그 녀석은 조개를 캐러 갔을 뿐이라고 말했겠지. 엄마와 이모에게. 거짓말을 하려던 건 아니었을 거야.

"히로키, 미안하다. 널 계속 속였어. 나 때문이야. 가지 말라고 말리거나 같이 갔으면 그렇게 바다에서 죽지 않았을 거야. 내가 그 녀석을 죽게 했어."

이모부 잘못이 아니야. 이렇게 말해도 이모부는 여전히 자기가 잘못했다고 생각하겠지.

무슨 말을 하면 좋을까? 평생 후회하며 살아온 사람에게.

이모부는 눈물이 흘러내리려는 것을 참듯이 고개를 들

더니 숨을 내쉬고 천천히 차를 움직였다.

나를 보지 않고 앞 유리 너머만 쳐다보았다. 나도 똑같이 앞만 바라보았다. 새까만 아스팔트 도로. 익숙한 마을 풍경. 골목을 꺾으면 다카노 전기였다.

"일하고 공부하느라 힘들겠다고 말하면 괜찮다고 했어. 히로키를 위해서 열심히 해야 한다고 하면서."

차가 멈췄다. 가게에 도착했다. 기어를 주차로 바꾸고, 이모부가 또 한 번 깊이 한숨을 쉬었다.

'이렇게 즐거운 시간이 있었던 걸 떠올리게 도와줘야 하지 않을까?'

그럴 수 있는 건 나뿐이야.

"왜 그러냐, 히로키?"

나는 대답하지 않고 서둘러 차에서 내렸다.

가게 문을 밀어젖히자 경쾌한 종이 울리고, "아, 왔나 보다" 하는 이모의 목소리가 안에서 들렸다. 평소와 똑같은 밝은 목소리였다.

"배고프지? 바로 준비할 거야."

나는 아무 말 없이 계산대 옆에 놓아둔 가방을 움켜쥐었다.

"히로키?"

이모부가 나를 걱정스럽게 살폈다. 이변을 눈치챈 유리코 이모도, 탁자를 훔치던 엄마도 손을 멈추고 나를 바라보았다.

　나는 가방에 든 봉투에서 제일 마지막 사진을 꺼냈다.

— 죽을 생각으로 오신 건 아닐지도 몰라.

와타히키 씨의 말. 나를 속여넘기려는 말이라고 생각했다.

　아마 다들 아빠가 자살했다고 생각할 거다.

　사고인가 자살인가.

　그 차이가 어쩜 이렇게 클까. 아빠가 죽은 것은 똑같은데.

　아빠가 뭘 고민했는지는 모른다.

　아빠를 혼자 바다에 보낸 죄책감은 사라지지 않는다.

　하지만 모두가 있었으니까 아빠는 이렇게 웃을 수 있었다.

　속이는 게 뭐 어때. 모두가 내게 알려준 것처럼 사고라고 생각해도 되잖아. 지금이라면 이렇게 생각할 수 있다.

　엄마를 바라보며 크게 숨을 들이마셨다가 내쉬면서 말했다.

　"아빠는 이모부랑 이모랑 다 같이 바비큐를 해 먹으러 가서, 조개를 캐겠다고 바다에 갔다가 죽었지. 그렇지?"

"히로키!"

엄마가 나를 막으려고 했다. 바비큐를 하러 가고 싶다고 말했던 그때처럼 굳은 얼굴로.

하지만 나는 이제 어린이집에 다니는 애가 아니다. 해야만 하는 일이 있다. 마지막까지 해내야만 한다.

"굉장히 즐거워서 지나치게 흥분했던 거야. 왜냐하면, 이거 봐."

엄마에게 사진을 건넸다. 다 함께 찍은 사진. 와타히키 씨가 보여줘야 한다고 했던 그 사진.

"이렇게 웃고 있잖아."

말을 마치고 길게 숨을 내쉬었다.

떠올려줘. 즐거웠던 그때를. 부탁이니까.

"어떻게…."

엄마의 가냘픈 목소리가 들렸지만, 말이 더 이어지지 않았다. 나는 엄마가 무슨 말이든 해주기를 기다렸다. 재판 판결을 기다리는 피고인처럼.

간신히 엄마가 말을 이었다. 목소리가 떨렸다.

"나 때문이야. 그날, 깜박 졸아서."

아니야. 나는 엄마가 사과하길 바라지 않아.

"미안해, 히로키. 아빠 이야기를 제대로 해줬어야 했는데 너무 무서웠어. 엄마 때문이라고 밝히는 게 무서웠어."

　그게 아니야. 그런 말을 듣고 싶은 게 아니야. 어쩌면 좋지?

　나는 '아빠는 조개를 캐러 갔다가 죽었다'는 이야기를 믿고 싶을 뿐이었다. 다시 한번. 엄마도 이모부도 믿어주길 원했다.

　아빠가 죽은 것은 사고였을까 자살이었을까.

　진실을 아는 사람은 아빠뿐이었다.

　"아빠는 조개를 캐러 갔어."

　진실을 모른다면, 이게 왜 거짓말이야?

　지난번처럼 울지 않을 테야. 두 손을 꽉 움켜쥐었다.

　"사진, 잘 봐. 나는 아빠가 어떤 식으로 웃는지 드디어 알았어. 웃을 때 눈매가 닮았다고 해도 어떤 건지 잘 몰랐거든. 그래도."

　침묵이 괴로웠다. 내가 무슨 말을 하려는지 잘 전해질까? 불안했지만 계속 말할 수밖에 없었다.

　"이 사진을 보니까, 나도 이런 식으로 웃는다고 생각하니까 좀 기뻤어. 아빠랑 닮았다는 소리, 나쁘지 않다고 생각했어."

　한심하게도 목소리가 점점 가늘어졌다. 그래도 아직 해야 할 말이 있었다.

"이제 그만하고 싶어. 아빠 이야기를 피하는 거."

후유, 숨을 내쉬고 조심스럽게 이모부를 바라보았다.

이모부가 나를 가만히 응시하고 천천히 고개를 끄덕였다.

이해해줬나 봐. 내가 하고 싶은 말을.

이모부가 엄마 옆에 앉아 사진을 들여다보았다.

"뭐야, 엄청 즐거워 보이네. 그렇지?"

이모부가 이모에게 동의를 구하자, 이모도 고개를 숙여 사진을 보았다.

"정말… 즐거웠지."

엄마는 고개를 푹 숙였다. 혹시 엄마, 우나?

뭐라고 말 좀 해봐.

엄마가 고개를 드나 싶더니 내 양쪽 어깨를 움켜쥐었다. 사진이 팔랑팔랑 방바닥에 떨어졌다. 사진에 손을 뻗으면 안 될 것처럼 센 힘이었다. 엄마는 그 힘 그대로 나를 와락 끌어안았다. 괴로울 정도로 힘껏.

"…엄마?"

엄마의 가슴에서 목소리가 울렸다. 엄마가 미안해, 라고 말했다.

그러니까 미안하다는 소리 말고!

비명을 지르기 직전, 엄마가 천천히 나를 품에서 놓고 눈물을 닦았다.

"그날, 정말 재미있었었는데 히로키는 기억 못 하지. 너무 어렸으니까."

아. 이번의 '미안해'는 그거였구나.

내 안에서 부풀던 화가 스르륵 녹았다.

그러자.

꼬르르르르륵.

"앗."

뭐야, 하필 이럴 때! 배에 거지가 들었나! 점심을 그렇게 먹었는데.

모두의 시선이 내게 쏠렸다. 이 침묵, 누가 좀 어떻게 해줘!

"자, 슬슬 고기를 구울까?"

이모부가 발랄하게 말했다. 나도 엄마도 이모도, 멍한 표정으로 이모부를 바라보았다.

"계속 이러고 있을 순 없잖아. 고기를 산더미처럼 사 왔는데."

평소처럼 말하는 이모부였지만 눈이 빨갰다.

엄마는? 엄마도 아직 울고 있을까? 아니면 황당해할까?

황당해하면 좋겠다. 그리고 웃어줘.

착착착, 엄마는 휴지를 세 장이나 뽑더니 요란하게 코를 풀었다.

"그래. 성장기인 아이는 먹여야지. 자, 얼른 고기 굽자."

엄마가 얼굴을 닦으며 일어나자, 이모부도 이모도 다 같이 바쁘게 부엌으로 갔다.

혼자 남은 나는 사진 속의 아빠에게 말을 걸었다.

이러면 잘된 거지?

사진 속의 아빠는 웃고 있지만, 조금 어이없어하는 것처럼 보였다.

불판을 빼곡하게 채운 고기를 부지런히 뒤집는 동안, 다들 말이 없었다. 나도 무슨 말을 해야 할지 모르겠다. 고기를 굽는 데 열중한 척했다. 고기, 이제 슬슬 먹어도 되겠다. 먹을까? 입이 고기로 꽉 차면 말이 없어도 이상하지 않잖아. 앗, 그런데 잘 먹겠습니다, 라고 말했던가?

"그런데 히로키, 그 사진, 어디에서 찾았냐?"

이모부가 나를 힐끔 노려보는 시늉을 하며 물었다.

시늉이지? 화난 건 아니지? 그래도 사과는 해야지.

"미안. 침낭을 찾다가 쓰다 만 '우쓰룬데스'를 발견했어. 이모부가 괜찮으면 준다고 했으니까."

"그건 안 쓴 것 중에 준다는 거였지."

할 말이 없네.

"에이, 뭐 어때. 잃어버린 줄 알았는데 이렇게 있었네. 다른 사진은 더 없었니?"

이모의 말에 가방에서 꺼낸 봉투를 통째로 건넸다. 이모와 엄마가 한 장씩 보면서 다 본 사진을 이모부에게 줬다.

"이거 봐, 히로키 팔. 포동포동해."

이모가 킥킥 웃었다.

"귀여웠는데. 아, 지금 안 귀엽다는 건 아니야."

나는 프랑크 소시지를 먹으며 어른들이 사진을 다 보기를 기다렸다. 대답하기 곤란한 걸 물어보면 어떻게 하나 고민하면서.

이모부가 봉투에 든 갈색 테이프 같은 것을 조명에 비추며 들여다보았다.

"그게 뭐야?"

"네거티브 필름. 사진을 찍은 필름을 현상할 수 있게 하는 거. 볼래?"

이모부 흉내를 냈으나 뭐가 뭔지 잘 모르겠다. 갈색에 초록색이 섞인 듯한 색이라 사람 얼굴도 우주인처럼 보였다. 이게 어떻게 저런 사진이 되지?

가로로 나란히 이어진 네모난 화면의 마지막에 모두가

모여 있었다.

"그게 마지막이네."

엄마가 들고 있는 사진을 보며 이모부가 말했다. 다 같이 찍힌, 아빠가 웃는 사진. 눈매가 나와 비슷하다는 웃는 얼굴.

"마지막에 이렇게 웃어줬네."

위장의 한계까지 먹었는데도 남은 고기를 엄마와 이모가 나눠서 랩으로 쌌다. 이모부가 절반 남은 콜라 페트병을 가지고 가라며 내게 주었다. 그런데 내가 잡았는데도 이모부는 손을 떼지 않았다.

"왜?"

왜 애처럼 심술을 부리나 싶어 발끈했다.

"아니… 학교에서 하룻밤 자고 왔을 뿐인데 긴 여행을 하고 온 것처럼 보여서."

이모부가 손에 힘을 빼, 내 손에 페트병의 무게가 실렸다. 놀라서 꼼짝 못 했다.

역시 버스에 탄 거, 들켰나?

엄마에게는 비밀로 해달라고 부탁해야 하나? 아니면 모두에게 말하는 게 낫나? 모르는 척할까? 어쩌지?

눈을 굴려 이모부의 표정을 살폈다. 알아차린 건지 모르는 건지 구분이 안 된다.

"그렇게 자그마하던 녀석이."

히죽 웃는 이모부는 장난기 가득한 아이처럼 보였다.

"영원히 작을 리가 없잖아."

대꾸하며 나도 웃었다. 이모부처럼 히죽. 장난을 친 공범처럼.

"그럼 정리 좀 도와."

이모부가 탁자 위의 접시를 겹쳐 쌓다가 문득 손을 멈췄다.

"다음에는 집에서 고기를 굽지 말고 밖에서… 어디든 가서 바비큐를 해 먹을까?"

어떠냐며 이모와 엄마에게도 동의를 구했다.

"그것도 좋겠네."

엄마가 웃었다.

집에 도착하자, 엄마는 사진을 수납장 위에 놓았다. 갓난아기인 나와 아빠 사진 옆에.

"액자를 하나 더 사야겠다."

"그 사진이랑 바꾸지? 아빠 얼굴이 찍히지도 않았잖아."

"이 사진은 이것대로 마음에 든단 말이야. 찍느라 얼마나 힘들었는데. 목도 못 가누는 갓난아기는 무서워서 못 안겠다면서 얼마나 빼던지."

그러면서 나를 차근차근 살폈다.

"왜?"

엄마가 나를 머리부터 발끝까지 쭉 살펴보더니 새삼스럽게 깨달았다는 듯이 말했다.

"히로키, 많이 컸네…. 아빠랑 처음 만났을 때가 생각나."

꿀꺽, 침을 삼키고 물었다.

"아빠, 어떤 느낌이었어?"

"글쎄다. 키는 조금 더 컸나."

"나도 중학교에 들어갈 때면 훨씬 더 클 거야."

"성장기니까, 엄마 키 정도는 금방 앞지를걸?"

웃으면서 엄마가 나를 바라보았다. 아빠의 흔적을 찾는 것처럼. 그 시선이 간지러워서 무뚝뚝하게 등을 돌렸다.

등 뒤에서 엄마가 말을 걸었다.

"아직 멀었지만, 미리 말해둘게. 1고에 가서 도쿄대에 가는 거, 네가 정말 원한다면 응원하겠지만 그게 아니라면 하지 마. 자기가 하고 싶은 일이 아니면 무의미하니까."

닮은 점이 있어도 나는 아빠가 아니니까.

"응, 알았어. 뭐, 한참 나중 일이지만."

피곤한데 잠이 오지 않았다.

창밖에서 밈밈밈 벌레가 계속 울었다. 끊이지 않는 소리. 벌레 소리가 아닐지도 모른다. 여름밤에 들리는 신기한 소리.

눈을 감고 오늘을 회상했다. 하루 동안 겪은 일 같지 않았다. 아주 멀리까지 다녀온 것 같았다.

우리 아빠는 바다에서 죽었다.

하지만 그렇다고 그때까지 인생이 불행했던 것은 아니다.

꾸벅꾸벅 졸음이 몰려왔다. 벌레 소리가 잔잔한 파도 소리로 바뀌었다.

사흘 연휴의 마지막 날.

나는 상점가 할인 행사를 도왔다.

아라타의 집에서는 아무런 연락이 없었다.

누나를 만나러 간 거, 안 들켰나 보다.

가볍게 생각하고 나는 추첨 경품을 건네는 일에 열중했다. 꽝인 하얀 구슬은 일회용 티슈였다. 다들 노골적으로 아쉬워하면서도 받아 갔다. 됐다면서 거절한 게 딱 두 번. 뭐든 기뻐하며 받아 갈 것 같았던 아줌마와 나와 비슷한 또래의 아이였다. 아줌마가 거절하다니 의외였다. 역시 사람은 겉보기가 다가 아니야.

점심으로 엄마 가게의 도시락을 먹고, 오후에는 추첨권 개수를 확인하는 일을 맡았다. 빨간 추첨권이 한 장에 한 번, 파란 추첨권이 다섯 장에 한 번 돌릴 수 있었다. 손님이 우르르 몰릴 때도 있고 발길이 뚝 끊어져 한가할 때도 있었다. 마침 한가할 때 아라타가 왔다.

아라타인 줄 모르고 이 사람은 왜 추첨권을 안 주나 의아해서 얼굴을 확인했더니 아라타였다.

"웬일이야?"

"집에 없어서 여기 있나 하고."

상점가에 오는 건 평소 내 행동 패턴과는 달랐다. 어떻게 찾았나 의아했는데 아라타가 갑자기 쪼그려 앉았다.

"야, 괜찮아?"

얼굴에 핏기가 가신 아라타는 하얗게 질려 있었다. 어떡해.

내 뒤에서 경품을 정리하던 아줌마가 재빨리 달려왔다. 파이프 의자를 곁으로 끌고 와 아라타를 앉혔다.

"빈혈이니? 혹시 일사병? 이거 마셔볼래? 차갑진 않지만."

아줌마가 속사포처럼 말하고 경품인 페트병 차를 내밀었다. 아라타는 힘없이 죄송하다고 말하고 꿀꺽꿀꺽 마셨다.

내가 와타히키 씨의 차를 마셨을 때 같았다.

나는 멍하니 그런 생각을 하며 지켜보고만 있었다.

아라타가 후유 숨을 내쉬고, 아까보다 또렷한 말투로 "고맙습니다"라고 말했다.

아줌마는 아라타가 기운을 차려서 안심했다.

"히로키, 친구도 왔으니까 그만 가보렴. 남은 일은 우리끼리 할게."

"괜찮아요?"

"그럼, 괜찮고말고. 큰 도움이 됐어. 고마웠다."

엄마 가게에 들러 일이 끝났으니까 아라타랑 놀겠다고 했다. 튀김 주문이 들어왔는지 조리대 앞에 선 엄마는 알았다고 대충 대답했다.

아라타도 말이 없었다.

"무슨 일 있었어? 어제 일, 들켰어?"

아라타는 분명히 나를 찾아 돌아다녔을 거다. 내가 집에 없으니까 공원, 운동장, 어쩌면 가토나 사사키네 집까지 갔을지도 모른다.

"들켰다기보단 내가 밝혔어."

"왜?"

왠지 조금 켕겼다. 나는 입을 다물었으니까.

계속 밝히지 않을 생각이고 그게 옳다고 판단했는데, 아라타가 밝혔다고 하니까 자신감이 사라졌다.

"그보다 나, 너한테 사과해야 해."

"어? 뭘?"

아라타가 나한테 사과할 일이라니? 전혀 짐작이 가지 않았다.

"내가 '학교에서 숙박하자'에 참여하겠다고 한 거, 재미있어 보여서가 아니라 누나를 만나러 갈 기회라고 생각해서야. 애들이랑 놀다가 흥분해서 학원을 빼먹었다고 변명하려고 했어."

"처음부터 그럴 생각이었구나."

"응. 미안…. 좀 이용한 것 같지."

이거 화를 내야 할 일인가? 하지만 아무렇지 않은데.

"그렇게 따지면 나야말로 너한테 사진을 부탁했으니까 나도 이용한 거지. 그런데 내가 안 한다고 했으면 어쩌려고 했어?"

"신청 안 했다는 얘길 듣고 진짜 당황했어. 다른 애한테 부탁하긴 싫었거든."

"그럼 됐어."

아라타가 멍하니 나를 보았다.

"어?"

"다른 애한테 부탁하기 싫었으면 됐다고. 그런데 거기까지 생각했으면서 왜 다 밝혔어?"

아라타네 엄마가 아무리 무섭게 캐물어도 아라타를 위해서라면 나는 끝까지 거짓말했을 텐데.

"밝히지 않을 수가 없었거든. 너는 잘 찾아갔어? 그 지도로."

"응. 고마웠어. 그래도 긴장했어. 버스도 그렇고, 또 덥고, 중간에 짜증 나더라."

"나도 진짜 긴장했어. 차라리 누나가 집에 없었으면 좋겠다고 생각했다니까."

"그래도 만난 거지?"

"응. 만나자마자 곧바로 집에 전화하라고 하더라. 자기가 부추겼다는 소리는 듣기 싫다고…. 뭐, 우리 엄마라면 그렇게 말할 것 같긴 해."

"그래서 어떻게 됐어?"

"시키는 대로 전화했어. 옆에서 누나가 듣고 있어서 거짓말도 못 하니까 누나한테 상담할 게 있어서 왔다고 솔직히 말했어. 그랬더니 된통 야단치는 거야. 누나한테 상담해봤자 아무 의미도 없다느니 뭐라느니. 그래서 의미가 있는지 없는지는 내가 정할 거고 오늘 중에 돌아간다고 하고 전화를 끊었어. 하는 김에 전원도 껐지."

"…대단한 전개네."

"그런데 누나가 당장 돌아가라는 거야. 열차 편을 조사하니까 한 시간쯤 여유가 있어서 그때 잠깐 얘기했어."

어휴, 크게 숨을 내쉬고 아라타가 말을 이었다.

"나는 전혀 기억이 안 나는데, K 학교 진학 클래스에 합격했을 때 엄마가 미칠 듯이 기뻐했다는데, 누나는 왠지 정신이 딱 들더래. 장래를 전부 엄마 마음대로 정하니까 점점 공부할 의욕이 사라졌대. 고등학교에 올라갈 때는 진학 클래스가 아니라 보통 클래스에 들어갔는데, 그러자 엄마한테 버림받았대. 그래도 누나는 지망하던 대학에 붙었는데, 엄마는 도쿄대가 아니면 안 된다고 했대. 누나는 이미 엄마의 이해를 받는 건 포기했다더라. 그래도 나보고 자기보다 일찍 이상하다는 걸 깨달았으니까 지금 엄마한테 다 말해 보래."

"그래서?"

"누나랑 얘기할 시간은 더 없어서 열차를 탔어. 돌아오는 열차에서 계속 생각했는데, 내가 어떻게 하고 싶은지 전혀 모르겠더라. 엄마가 입에서 불을 뿜을 테니까 역에 도착한 후에도 바로 집에 가기 싫어서 어슬렁거렸어. 한심하지. 여덟 시쯤 집에 갔더니 아빠도 와 있지 뭐야. 엄마가 전화했 겠지. 그래서 잔소리를 듣기 전에 하고 싶은 말을 했어."

"뭐라고?"

"나는 홋카이도에 있는 학교의 입시를 치르고 싶지 않다 고. 아빠는 아무것도 모르고 있었어. 거기 견학하러 간 것도 몰랐대. 할머니 집에 자러 갔다고 생각했다는 거야. 이상하 지?"

아라타의 눈에 눈물이 고였다.

"아빠가 홋카이도에 가서 어떻게 살 생각이었냐고 엄마 한테 묻고, 그 후론 나는 뒷전으로 밀려나고 둘이서 말다툼 을 벌였어. 그래서 나는 다 지긋지긋하다고, 이런 집에 있 기 싫으니까 K 학교에 반드시 합격해서 기숙사에 들어가겠 다고 외치고 방에 틀어박혔어. 한심해."

"…그것도 대단한데."

"말다툼하는 소리가 계속 들렸는데 나도 고집이 생겨서 방에 틀어박혀 있다가 어느새 잠들었어. 그리고 아침에 일 어났더니 엄마가 집에 없었어."

"어? 엄마가?"

아라타 곁을 떠나지 않는 엄마가 아라타를 두고 가다니?

"놀랍지? 엄마, 할머니 집에 갔대."

이혼하게 되려나. 그런 전개지? 드라마라면. 하지만 이런 말은 못 한다.

"아빠가 어떻게 하고 싶은지 솔직히 말해보라고 했는데 나도 잘 모르겠어. 갑자기 대화하자고 해도 곤란하잖아. 아빠도 곤란해하는 것 같았고. 일단 엄마를 데리러 갔어. 밤에는 돌아올 테니까 아무 데도 가지 말고 집에 있으라면서."

"뭔가 되게 일이 커졌다."

"너는 어땠어?"

"뭐, 이것저것."

"이것저것?"

어떻게 말하면 될까. 어제 단 하루 만에 많은 것을 알았고 고민했다.

그래도 지금은 신기하게도 차분해졌다.

"글쎄. 짐작했던 거랑 너무 달랐는데 뭐 그럴 수도 있겠다 싶고."

"뭐야, 그게?"

"으음. 아, 사진 현상한 돈 줘야지."

"됐어, 다음에 줘. 어차피 지금 돈도 없을 거 아냐? 아, 목마르다. 뭐 좀 마시자. 이번에는 차 말고 다른 거."

자동판매기에서 마실 것을 샀다. 아라타는 스포츠 음료,

나는 콜라를 사려고 했는데.

"콜라가 없어."

"아, 진짜. 콜라만 품절이야."

포기하지 못하고 버튼을 눌러봤지만 당연히 나오지 않았다.

"없다니까. 다른 건? 다 별로야?"

결국 아라타와 똑같은 스포츠 음료를 샀다. 꿀꺽꿀꺽 단숨에 절반쯤 마시고 크게 숨을 내쉬었다. 아라타와 거의 동시에. 나는 아라타의 옆얼굴을 힐끔거리며 진지하게 물었다.

"야, 정말로 K 학교에 가고 싶어?"

아라타는 페트병 뚜껑을 꽉 잠그고 손에 묻은 물방울을 털었다.

"어제 부모님한테 그렇게 말한 건 그냥 흥분해서야. 망원경은 대단하지만 그렇게까지 별을 좋아하는 것도 아니고."

그럼 중학교 입시 같은 거 치르지 마.

이렇게 말하고 싶었다. 하지만 말 못 해.

아라타가 지금까지 얼마나 열심히 입시를 준비했는데. 그걸 내동댕이치라는 소리, 가볍게 할 순 없었다. 아무리 아라타가 아니라 아라타네 엄마의 희망 사항이었어도.

"저녁밥, 너희 엄마 가게에서 도시락을 살 건데, 추천할 거 있어?"

"엄마는 방어구이 도시락이나 전통식 도시락을 자랑하는데, 내 추천은 닭튀김 도시락."

"역시 닭튀김이지. 아빠 걸로 전통식을 살까."

엄마의 가게까지 어슬렁어슬렁 걸어가 나는 엄마랑 같이 돌아가기로 하고 아라타와 헤어졌다.

아빠와 둘이 먹을 도시락을 들고 가는 아라타는 왠지 행복해 보였다.

9

시작하는 여름

연휴가 끝난 화요일. 게다가 이제 사흘 후면 여름방학이라 다들 잔뜩 들떴다. 사사키는 책가방 없이 수영 가방만 들고 학교에 왔을 정도였다. 눈은 새빨갛고 머리는 부스스했다. 내내 게임만 하고 있었을 게 뻔했다.

"정신 차리니까 새벽 네 시더라."

떠들어대는 목소리는 활기 넘치는데 이리저리 비틀거렸다.

"너 괜찮냐?"

내 쪽으로 기울어져서 두 손으로 부축해 똑바로 세웠다. 덩치도 큰 게 똑바로 좀 서라.

"당연히 괜찮지. 아아, '탱글 퀘스트'에서 비밀의 보물을 전부 클리어했거든. 아아, 성취감이 대단해!"

그러더니 사사키가 갑자기 무술 포즈를 잡았다.

"히로키, 너도 '탱글 퀘스트' 같이 하자."

"나는 스마트폰도 없고 새벽 네 시까지 게임은커녕 유료 결제도 못 해."

사사키의 팔이 내 얼굴 아슬아슬한 데까지 뻗어와 움찔 피하며 대답했다.

"엄마는 스마트폰 있을 거 아냐? 나도 결제는 안 해. 도중에 빠져도 되고. 응? 하자. 여름방학이라 시간이 남아돌잖아. 탐구 여행을 떠나자고!"

탐구 여행.

여름에 떠나는 탐구 여행. 서머 퀘스트.

"이미 했어."

내 혼잣말은 사사키에게 들리지 않았나 보다. 사사키는 발을 높이 들어 돌려차기를 하고 말했다.

"여행 동료는 많을수록 즐겁거든."

각자 선택한 비밀의 보물을 찾아 여행을 떠난다.

다베가 설명한 게임 규칙이 생각났다.

서로 다른 목적을 가지고 여행을 떠난 아라타와 나는 무엇을 손에 넣었을까?

아라타를 찾는데, 자리에 앉아 창밖을 내다보고 있었다. 엄마, 돌아오셨을까?

"미성년자는 못 하는 그런 위험한 게임도 아니고."

계속 내게 게임을 권하는 사사키의 등 뒤로 다케시타 선생님이 나타났다. 사사키는 아직 몰랐다.

"사사키, 그보다 뒤."

"뒤가 뭐 어쨌는데? 으아악."

뒤를 돌아본 사사키가 기겁하며 소리를 질렀다.

"책가방도 없이 학교에 와서 게임 이야기나 하다니. 간이 크구나, 사사키. 수영은 견학할 거냐?"

선생님이 팔짱을 척 끼고 사사키를 위에서 아래로 훑어보며 물었다.

"에이, 수영 가방은 가지고 왔고 필통도 들어 있어요. 짠!"

"교과서는?"

"책상에 넣어뒀죠."

"뽐내면서 할 소리냐."

"여기요. 국어, 산수, 과학, 사회, 전부 있어요."

사사키가 책상에서 교과서를 하나하나 꺼내 보여주었다.

"알았어, 알았으니까 그만 됐다. 다들 자리에 앉아. 조회 시작한다."

선생님의 말에 다들 우당탕 의자를 끌고 앉았다.

창밖을 힐끔 보았다. 밖은 밝은 빛으로 찬란했다. 오늘도 더울 것 같았다. 오후 수영 시간이 빨리 왔으면 좋겠다. 아라타한테로 눈길을 돌리자 늘 그렇듯이 앞을 바라보며 선생님의 말에 때때로 고개를 끄덕이고 있었다. 나도 앞을 보고, 머릿속을 평소 생활 모드로 바꾸었다.

아라타와 제대로 대화도 못 나눈 채 오전 수업이 끝났고, 급식을 먹은 후에 드디어 수영 시간이 왔다.

5학년과 합동으로 몇 미터를 헤엄칠 수 있는지 기록을 잰 후에는 자유시간이었다. 먼저 5학년이 하니까 6학년은 풀사이드에서 대기다. 물소리, 재잘거리는 소리가 시끄러워서 비밀 이야기를 하기에 딱 좋았다. 내가 움직이기 전에 아라타가 내 곁으로 왔다.

"엄마, 안 오겠대."

당황한 내 옆에서 아라타가 아무렇지 않게 말했다.

"그래도 아빠는 포기하지 않을 거래. 이야기를 나누자고 갔을 때, 지금은 그럴 기분이 아니라고 쫓아냈거든? 그럼 보통 실망하잖아? 그런데 아빠는 '지금은'이라고 했으니까 아직 기회가 있는 거래. 허세나 부리는 줄 알았는데 너무 순수하게 말하니까 나도 믿고 싶더라. 잘될 거라고 믿고 싶어."

아라타가 웃으니까 나도 기뻐서 웃었다.

한 5학년생이 격렬하게 차서 생긴 물보라가 풀사이드에 앉은 우리 머리 위로 쏟아졌다.

바다와는 다른, 짭짤하지 않은 물보라.

그날, 돌아오는 길에서 와타히키 씨가 했던 말이 생각났다.

"아라타, 바다에서 헤엄친 적 있어?"

"없는데?"

아라타가 갑자기 무슨 소리냐는 듯이 물었다.

"역시 바다에서 하는 수영이랑 수영장에서 하는 수영은 다르겠지?"

"그야 다르겠지. 바다 가고 싶어?"

다들 신나서 소리 지르는 수영장을 돌아보았다. 세로 25미터, 가로 12미터의 네모난 물웅덩이를.

그날 본 바다에서는 헤엄치지 못할 것이다. 자그마한 인간 따위 거침없이 삼킬 바다.

그래도 와타히키 씨가 가자고 한 바다는 그런 곳이 아니었다.

바다는 얼마나 넓을까? 이 수영장의 몇 배일까? 일억 배? 아니면 더? 상상이 안 갔다.

"응. 좀 가보고 싶네."

둥둥 몸을 띄우고 그 넓이를 느끼고 싶었다. 맛을, 온도를, 파도를.

그 바다와 다른 바다를 보고 싶었다.

"그래? 나는 너, 바다에 흥미 없는 줄 알았어."

아라타가 눈이 부신지 실눈을 뜨고 말했다.

우리 아빠는 바다에서 죽었으니까. 그러니까 내가 바다를 싫어한다고 생각했나.

아라타는 어때? 바다에 흥미 없어?

삑, 호루라기 소리가 울렸다.

"좋아, 5학년은 끝. 6학년과 교대해라."

같이 바다에 가지 않을래?

말하는 대신에 첨벙 물에 들어갔다. 아라타는 바다에 갈 시간이 없다.

"어이, 히로키! 뛰어드는 거 금지라고 했지!"

곧바로 다케시타 선생님의 호통 소리가 들렸다.

다리부터 들어갔는데 뛰어드는 거냐고. 불만이었지만 대충 "네, 알겠습니다" 하고 대답했다.

미지근한 수영장 물보라를 맞으며 생각했다.

바다에는 어떻게 들어갈까?

바다에는 헤엄칠 때 찰 벽이 없다.

팔을 뻗어 자기 힘으로만 나아가야 할 거야, 분명히.

방학식 때 교장 선생님 말씀은 최장 기록을 경신한 십 분 삼십 초였다.

사사키가 스톱워치 기능이 달린 손목시계를 차고 와서 몰래 쟀으니까 정확했다.

"개학식 때는 구 분이었어. 일 분 삼십 초가 늘었어. 이대로 계속 늘어나면…."

사사키가 손가락을 꼽으며 계산하는데 아라타가 말했다.

"2학기 개학식이 십이 분이고 겨울방학 때가 십삼 분 삼십 초. 겨울방학 끝나고 개학식이 십오 분, 졸업식은…."

"그만 됐어. 십오 분도 못 견딘다고."

아우성치는 사사키를 선생님이 노려보았다.

"게임한다고 밤을 새울 수 있으면 십오 분쯤 아무것도 아니지. 자, 조용히 해."

사사키의 입을 틀어막고, 선생님이 통지표를 나눠주었다. 대충 훑어보기만 하고 가방에 넣었다. 아라타도 차근차근 보지는 않았다. 교실에서 평가에 동그라미가 몇 개인지 세면서 기뻐하는 건 너무 꼴불견이니까.

'안녕히 계세요'의 인사가 끝나기를 초조하게 기다렸다.

"자, 그럼 모두, 2학기에 건강하게 등교하길 바란다. 당번, 인사."

"안녕히 계세요"에 "이얏호!"의 환성이 뒤섞이며 1학기가 끝났다.

들고 갈 짐이 많아서 입구가 평소보다 더 붐볐다. 간신히 신발을 갈아 신었는데, 밖에서 나를 기다리던 아라타가 물었다.

"여름방학에 뭐 계획 있어?"

"어?"

나도 모르게 되물었다.

지금까지 아라타에게 여름방학 계획을 물어본 적이 없었다. 학원, 이 말 하나로 끝이니까.

아라타가 물어본 적도 없었다. 같이 놀 수 있는 날이 없으니까. 그런데.

"할머니 집에 가는 정도? 또 성묘."

아라타의 의도가 뭔지 짐작도 못 한 채 대답하자, 아라타는 만족스럽게 고개를 끄덕이더니 말했다.

"그럼 오본(양력 8월 15일 무렵의 일본의 전통 명절로, 조상의 영혼을 모시고 축제를 연다-옮긴이) 전에 8월 초쯤 근처 바다에 가지 않을래?"

"어?"

오늘 놀라기만 하네. 아라타가 바다에 가자고 했어?

"바다에서 헤엄쳐보고 싶어서. 전에 너도 가고 싶다고 했잖아."

"하지만 매번 학원 합숙에 갔잖아?"

"합숙은 안 가. 취소를 못 하니까 내일부터 일주일간 하기 강습은 가지만."

아라타에게 무슨 일이 벌어진 거지? 나는 눈을 동그랗게 뜨고 아라타가 설명해주기를 기다렸다.

"중학교 입시는 그만둘 거야. 사립고등학교에 진학할 수 있는 부속 중학교에 가서 도쿄대에 가는 건 엄마 꿈이니까. 나는 그보다는 지금 할 수 있는 걸 하고 싶어. 중학교에 들어가면 중학교에서만 할 수 있는 거, 고등학교에 들어가면 고등학교에서만 할 수 있는 거, 그런 걸 마음껏 하고 싶어. 그래서 6중에 갈 거야. 너랑 다른 애들이랑 같이."

너무 기뻐서 말문이 막힌 내게 아라타가 계속 말했다.

"아빠가 하기 강습이 끝나면 같이 카메라를 만들자는데, 자기가 더 신났어. 핀홀카메라. 내가 카메라보다는 바다에 가고 싶다고 하니까 아빠가 데려가주겠대. 그런데 어디가 좋은지 몰라서 고민하는 중이야."

"그럼."

그제야 내 입에서 말이 나왔다. "그럼 와타히키 씨한테 물어볼게.”

“와타히키 씨?”

“얘기 안 했었나?”

“못 들었는데.”

아라타가 불쾌한 듯 살짝 입을 오므렸다.

맞아. 말 안 했네. 바다에 간 날, 나 혼자가 아니었다고.

그러고 보니 센터장 대리인 와타히키 씨와 세이류켄에서 만난 것도 말 안 했었구나.

“어부 아들인 주제에 뱃멀미가 심해서 어부가 되지 못한 사람이야.”

“…괜찮냐, 그런 사람.”

“음. 그러고 보니 수영도 잘 못 한다고 했었어.”

“점점 더 안 되겠는데.”

“그래도 집은 바다 근처이고 그 사람 아버지는 어부니까.”

와타히키 씨라면 가르쳐주겠지. 만약 괜찮다면 같이 가자고 말해볼까. 분명히 간다고 할 거야.

그리고 언젠가 엄마도 바다에 데리고 가야지. 와타히키 씨가 엄마에게 가자고 하면 간다고 할지도 몰라. 아니, 그런 일이 있을 리가 없지. 내가 무슨 생각을 하는 거야.

“뭐, 그럼 괜찮나.”

아라타가 중얼거렸다.

그래, 괜찮아. 분명히 잘될 거야.

신나서 두근거리는 내게 아라타가 말도 안 되는 소리를
했다.

"그러니까 얼른 숙제 해치우자."

숙제라니? 나는 아라타에게 반론했다.

"지금 그 소리가 나와? 여름방학이 막 시작된 참인데?"

그래.

여름은 이제 막 시작되었다.

서머 퀘스트

1판 1쇄 발행 2022년 9월 15일

지은이 기타야마 치히로 | 그린이 시라코 | 옮긴이 이소담
펴낸이 윤혜준 | 편집장 구본근 | 디자인 오필민디자인
펴낸곳 도서출판 폭스코너 | 출판등록 제2015-000059호(2015년 3월 11일)
주소 서울시 마포구 월드컵북로 400 문화콘텐츠센터 5층 9호(우 03925)
전화 02-3291-3397 | 팩스 02-3291-3338 | 이메일 foxcorner15@naver.com
페이스북 /foxcorner15 | 인스타그램 /foxcorner15
종이 일문지업(주) | 인쇄·제본 수이북스